公民记忆

黑明影像
1949—2009

穿越时空的记忆

黑 明

2004年春节，忽然想起整理尘封多年的纪念照，看到我在天安门前不同时期的几张留影之际，顿时发现自己苍老了许多。中学时期朝气蓬勃，大学时期风华正茂，20多年时光荏苒，深感自己不再年轻。此刻，岁月的痕迹瞬间开启我的灵感，让我萌生了寻找100张天安门前老照片的想法，决定邀请照片中的主人公重返天安门，在这个特殊的环境中，对他们进行一次大规模的影像对比。

2004～2009年之间，在很多朋友的帮助下，我先后找到近千张老照片。根据照片显示的春、夏、秋、冬，力求在同样的季节、同样的位置、同样的时间、同样的光影效果下，用不同时代、不同色彩、不同面孔，展示他们不同的人生故事。五年寻找，五年拍摄，先后有300多人带着当年的回忆和珍藏已久的老照片，从北京、天津、上海、河北、山西、辽宁、江西、山东、河南、湖北、广东、四川、陕西、新疆等地赶到天安门广场，他们不辞劳苦、不谋报酬，愉快地走进了我的作品。令我最为感动的不仅是影像本身的视觉冲击力和感染力，更多的还是每位主人公的大力支持和热情配合。

几十年过去了，主人公们都有了很大的变化，有些甚至已近垂暮之年。他们的变化不仅是容颜的改变，更重要的是思想观念的深刻转变，包括对人生、对社会、对整个世界的认识和理解都发生了巨大改变。随着时代的发展，他们的思想不再被别人掌控，身体不再承受高压，内心越发轻松，言行逐渐自由。尤其是他们照相时把手中的"红宝书"换成随身携带的护照、存折、银行卡和退休证、养老保险证时，每个人的笑容更加灿烂，神情更加从容。当然，这些看似幽默的元素，也给我

的作品平添了讽刺意味。这次拍摄的人物，包含了各种各样的职业和多种人生经历，他们有人为了民族的复兴，跟着共产党走南闯北、甘洒热血；有人为了国家的富强昌盛，高举毛泽东旗帜，奉献了最好的年华；有人秉承匹夫有责的信念，给党提意见，却经受了不少折磨；有人因为历史问题，株连九族，受到极大的屈辱……今天，有人早已过上超英赶美的日子，有人依然在为生计艰辛奔波，有人还在畅想未来……无论男女老少，都给我留下了深刻的印象。

五年间，每当我扛着摄影器材前往天安门广场，总要被公安或武警盘查一番。尤其是在奥运前夕，广场的四面八方一夜之间装满了安检设备，从此进入广场就和坐飞机一样，必须排队接受全面的安全检查。加之本次拍摄我选择了胶片，所以不能经过Ｘ光的照射，每次安检都要费尽口舌，请求安检人员手检我的胶片和相关器材。无论是安检，还是拍摄过程，如果遇到好说话的警察，随便看看我的行头便示意让我通过，如果碰上较真的主儿，经常要把大包小包翻个底儿朝天才算了事。其实为了便于拍摄，真想和他们打成一片，但天安门分局的警察一年四季都在该地区转圈执勤，即使混得脸儿熟，一年都难得见上几面，很难成为朋友。几年来我在天安门广场唯一认识的警察就是喜欢摄影的王宗雨，每次见面他都乘机和我探讨摄影技术，每当别的公安和武警上来对我盘查，他便过来替我解围，可惜后来他被调离天安门广场去了丰台工作。还有那些年轻的武警战士，纪律更加严明，他们经常面无表情、目不斜视，即使时间长了有个熟悉的面孔知道我不是坏人，不轰我走，很快也会复员回家，所以要和他们长期沟通和交流，那是根本不可能的事情，也是五年中让我

感到最为烦恼的一件事，同时也让我体会到普通人做事的艰难和困惑，好在凭着自己对摄影的执着和热情，从未放弃。

为了保证这部作品集的影像素质，本次拍摄从头到尾我都采用了4×5的大画幅照相机，所以三脚架、冠布、测光表、单筒放大镜，都是必不可少的摄影器材。每当我把黑色的大相机装上三脚架对准天安门，然后再蒙上黑布半个身子钻进去调焦的时候，警察和武警立刻就会出现在我的面前。问我是哪儿的，来干什么？三脚架上的大家伙是照相机还是摄像机？为什么把头蒙在黑布里？手里的测光表是什么仪器？用望远镜看什么？来广场拍摄是什么意图……面对他们一连串问题，我总要解释不是摄像机，是照相机……蒙在黑布里不干别的，是调焦距……不算仪器，是测光表……不是望远镜，是调焦用的放大镜……我是摄影师，没有什么别的意图，只是拍着玩……要是说采访，作为个人行为，我既没有天安门管委会的采访批文，也没有照相摊位的营业执照，根本没有资格在此行事。尤其我的相机过大，每次拍摄都会吸引很多游客围观，而且不停地有人问我照一张多少钱？当时能取吗？面对这种问话，我总要无奈地重复："我不是照相的！你们快走吧！！"否则聚集的人一多，公安和武警立刻又会过来轰我，包括巡逻的城管人员也很可能把我当成无照经营的黑摄影师，没收我的器材。为了完成这部作品，五年间我艰难地对付各种外来干扰，送走一批又一批转业兵和许多退休的老警察、老城管。

在这个最为敏感的地区采访拍摄，我曾赶上过许多故事，有的惊心动魄，有的荒诞无比。记得2007年8月16日那天中午，天安门广场突然发生了一起"爆竹事件"，一阵激烈的鞭炮声，迅速招来几十名警察和好几辆警车，东北角的游客全都被突如其来的鞭炮声吸引到那股浓浓的烟雾下。地上的鞭炮皮被腰挂警棍、手持对讲机的警察包围得严严实实，他们又是给鞭炮皮拍照、又是录像，放炮的一对中年男女也被警察迅速带上警车。当我拍完照片凑上去看热闹的时候，只听旁边一位游客说："夫妻俩是从外地来的，听说他们的孩子考上北京大学了，来北京送孩子，顺手放了一串鞭炮庆祝孩子上大学。"听了这句话，我不由地笑了，多么纯朴的父母！也

许他们是在兑现自己的诺言，也许他们心目中没有比天安门广场更为庄严的地方，所以选择来到祖国的心脏和最为神圣的地方，为孩子的成功点燃震天响的鞭炮，这也合乎常理。

最近，当我完成这组照片之后，国内外数十家媒体要求对我进行专访，还有无数媒体纷纷转发这些照片。有人自发为这组照片撰写文章，有人根据这组照片创作了一首首长诗，有人要求出资举办展览，有人提出免费为我印制画册……引发了一系列照片背后的故事。这些照片虽然没有什么抽象的概念和难以理解的艺术语言，但通过媒体规模呈现，却让不少人产生了共鸣，并且在社会上引起很大反响，也彰显了影像的力量。在我看来，这些具有时代特征的影像对比，不仅展现了新中国60年的文明与进步，也体现了一个国家巨大的历史变迁，同时呈现出一个民族、一个时代的岁月沧桑和发展进程。其实这些客观的变化已经不是某个人的命运转变和生命过程，而是成为中国公民共同的经历和记忆。

今天，在天安门广场连续五年的拍摄已经全部结束。当我把自己采写的百余篇文章发给每位被摄者之后，他们纷纷来信、来电，热情地告诉我已经修改了关于自己的文章，当我收到他们寄回的文章时，发现有的文章已被改得面目全非。有人删去了荣誉，有人删去了冤屈，有人删去了苦难，还有人删去了荒诞年代无情的摧残，最让我心痛的是有人删去了震撼人心的历史真相，有人删去了对重大历史事件的见证……导致多篇修改后的文章远不如原稿那么生动、有趣、自由、深刻。当我把这件事告诉一位老年朋友时，他说："你一定要理解他们，他们早就被各种各样的政治运动整怕了，因为过去很多人挨整都是祸从口出，他们现在老了，也学精了，还是让他们平静地生活吧，不然他们看着你的书，一定会忐忑不安，甚至会做噩梦！"在这位历经风雨的老友劝说下，我只好忍痛割爱，最终采用了他们删改后的文章，但这必将给我留下永远的遗憾！

2010.9.20 写于北京

目 录

1949—2009

拍完入城仪式，我又准备拍摄开国大典

杨振亚，1924年生于河北蠡县。1937年高小毕业，1938年进入冀中军区特务团成为一名小八路，先在宣传队，后当文化教员并学习摄影。1941年冬季前往晋察冀军区政治部晋察冀画报社学习和工作，1944年被任命为雁北分区政治部摄影组组长，1948年底调回华北画报社工作。

当我们谈起他的经历，杨振亚说："1949年1月组织上派我到北平，想让我接收一个印刷厂，到时候好印画报，结果没有弄成。走到黄村天黑了，我想住一夜再走，突然发现了国民党的部队，吓我一跳，幸亏我穿的便装，要不然即使不把我杀掉，也要抓起来。那段时间路上的国民党很多，他们正在撤离北平。2月1日，我以华北军区画报社摄影记者的身份再次来到北平，住在东交民巷原来的日本领事馆。2月3日那天，我参加了入城仪式的拍摄。拍完入城仪式组织成立了第一届政协会议摄影科，科长是吴群，科员有我、林杨、孟昭瑞，还有从北平电影厂照相科抽调过来的侯波和东北画报社的陈正青。政协会议结束后，我又准备拍摄开国大典。

"1949年9月30日下午，我和孟昭瑞、林杨、吴群一起去天安门广场看场地，准备第二天的拍摄工作。看完场地之后，孟昭瑞给我们三个人拍了这张纪念照。第二天拍摄开国大典的时候，我和陈正青、侯波三个人的任务是在天安门城楼上负责拍摄领导人讲话；林杨在受检阅的飞机上拍摄空军编队的飞机，不是拍地面；吴群和孟昭瑞负责广场上受阅部队和群众的拍摄。那时我和吴群、林杨、孟昭瑞都是华北军区《华北画报》的摄影记者，当时的华北军区就是现在的北京军区。"

我问他拍摄开国大典用的是什么相机，拍了多少照片。他说："当时我用的是一台折叠的蔡司120和一台徕卡135照相机，好像都是打仗缴获的。一共拍了三个胶卷，其中两个120，一个135。那时敌占区卖的日本货比较多，我们用的都是富士胶卷。"

我问他拍完开国大典之后的去向。他说："拍完之后，总政1950年在《华北画报》的基础上创刊成立了解放军画报社，同年底，我作为解放军画报社派出的首批记者，前往朝鲜战场采访。1951年我被调回华北军区，筹备重新成立华北画报社，任命我为副社长。后来我又被调到《战友》杂志当副总编。1952年，总政成立八一电影制片厂，我成为电影摄影训练班的班主任，并且担任纪录片导演，拍摄了多部军教片和纪录片。'文革'后，我担任了军教片室的主任，军教片室拍过很多有名的电影，包括《地道战》和《地雷战》都是。我在八一厂一直干到1988年离休。"

吴群、林杨、杨振亚

1949

杨振亚

2009

孟昭瑞

1955

中华人民共和国万岁　世界人民大团结万岁

孟昭瑞

2009

抗美援朝的时候，我先后十三次去朝鲜采访

孟昭瑞，1930年生于唐山开平区。小时家境很贫寒，10岁就跟着父母先后跑到秦皇岛姑姑家和张家口舅舅家躲避战乱，有幸在张家口市立联合中学读完初中。那时很多中央领导人的孩子都和他在一个学校念书。

孟昭瑞说："1946年我还是一名学生，就跟着晋察冀政府撤退到西柏坡附近的西黄泥革命根据地，先在边区文工团，后来进入抗敌剧社。1948年初我参加了华北军区举办的短期摄影培训班，随后进入了解放军《华北画报》担任摄影记者。1949年进城后，《华北画报》改为《解放军画报》。抗美援朝的时候，我先后13次去朝鲜，每次都是冒着生命危险去前线采访。平津战役、北平入城式、开国大典、抗美援朝、两弹一星的发射试验、审判'四人帮'反党集团等，我都参加了拍摄，在解放军画报社一直干到离休，等于一辈子再没离开过解放军画报社。"

我问他当年进北京城的过程。他说："1949年1月初，我们突然接到命令，去前线采访解放北平的战役。能得到这个机会，我很兴奋，背起相机就出发。那时交通不便，先是步行几十里赶到石家庄，后来又搭乘运输炮弹的大卡车前往北平前线。卡车上很冷，炮弹箱子也不平，趴在炮弹箱子上非常难受，还生怕掉下来。一路上国民党的飞机在空中轰炸，地面枪声不断，经过整整一夜的颠簸，我们才到达驻守在北京通县宋庄的华北野战军和东北野战军联合作战指挥部。将近一个月的谈判，终于宣布了北平和平解放，所以没有拍成攻打北平的照片。"

孟昭瑞的军事摄影作品，不仅见证了中国人民解放军的发展历程，而且为毛泽东、刘少奇、周恩来、朱德、邓小平等领导人和开国将领们留下了大量珍贵的影像资料。出版有《历史的瞬间》《中国蘑菇云》《东方红·开国大典的历史瞬间》等多部大型文献画册和专著。1992年在中国军事博物馆举办了《孟昭瑞摄影艺术作品展览》，展出摄影作品450余幅，引起了很大的社会反响。孟昭瑞不仅被中国摄影家协会授予"中国摄影50年突出贡献摄影家"荣誉称号，而且还享有国务院颁发的终身特殊津贴，并在中国摄影界享有很高的威望。

孟昭瑞最为遗憾的是1949年拍摄开国大典之际，给别人拍了不少照片，自己却没有在天安门前留张纪念照。他最早在天安门前的纪念照是1955年国庆节期间，采访波兰军事代表团时的这张照片。

我背盒子枪执勤的时候，你还不知在哪呢

王永宁，1929年生于河北固安县牛驼镇五村一个普通农民家庭。7岁进入镇上的一所教会学校读书，在校期间，美国牧师给他们教过英语，日本鬼子给他们教过日语，至今他还清晰记得一些英语和日语的单词。

王永宁说："我小时候，村里住着很多当兵的，听大人说是国民党的53军。1937年，好像是我8岁那年的阴历八月十一，日本人的飞机突然开始轰炸我们村。刚开始村里人都往教会学校跑，说那里挂的是美国国旗，日本人不敢炸，结果照样炸，连牧师都被炸死了。炸了整整一天，当时村子里一片混乱，炸死不少人。第二天，五六百名日本兵就进了我们村，一直住到1945年我高小毕业的那年8月15日，日本人才投降。日本人走后，国民党又总来村里抓兵，我怕被抓去打仗，1948年就离开村里来到北京，通过舅舅的介绍，我去汇文中学食堂当了一年大师傅。第二年他又介绍我去北京市公安局工作，1955年听说我们以后不发警服了，只让穿便装。为了留个纪念，我特意去天安门前花钱照了一张穿警服的相片，也是我这辈子在天安门前照的唯一的一张相片，我一直保存到了现在。"

王永宁前后在公安战线工作了整整40年，他管食堂、管采购、管犯人、下放远郊，经历了各种政治运动。他说："我1979年才从远郊调回了市公安局，重新穿上我最心爱的警服。1990年61岁的时候，我离休回家。"

此次为他拍照，当他身着一套84式老警服出现在天安门广场的时候，一名年轻警察上前问他是干什么的，他开玩笑地说："我是你们的祖宗，不信你回市局去打听打听。"随和的小警察笑了笑便转身离开我们。此刻，王永宁继续幽默道："我背盒子枪执勤的时候，你还不知在哪呢！"说完，我们哈哈大笑。

王永宁

1955

王永宁

2009

非常怀念我们分队牺牲的七个战友

刘兴智，1935年生于四川宁南县一个
小手工业者家庭。1950年初中毕业被
学校推荐进入第二野战军62军184师
参军。1951年参加了会理县土改工
作，在公判大会上，他亲手执行了两个
死刑犯的处决，不久被派往盐源监狱，
背着冲锋枪和16名战士一起看管三百
多名在押的各种犯人。20世纪50年
代初期，大凉山的土匪十分猖獗，他作
为一名机枪手，背着7个弹夹、300发
子弹和4个手榴弹，消灭了不少土匪。
1955年刘兴智所在的部队再次奉命进
山剿匪，身为班长，他每次都是冲锋在
前，捣毁土匪窝点二十余个。两年后，
大凉山的土匪被彻底铲除，彝族人民开
始了安稳的生活。刘兴智和他的战友
们被彝族人民称为"凉山雄鹰"，他说：
"至今我还非常怀念我们分队牺牲的7
个战友。"

1957年剿匪结束后，刘兴智所在的部
队被编入中国人民解放军公安部队，不
久，剿匪有功的刘兴智被任命为西昌县
公安中队队长。他十几年如一日，为
西昌地区的安全保卫工作付出了大量
心血。刘兴智说："当年我的身体特别
好，在路上碰到坏人谁都别想逃出我的
手心。那时候我很喜欢锻炼，也喜欢打

刘兴智
1956

刘兴智

2009

篮球，我们邛海篮球队在全国公安系统也是有名的，有一次贺龙去西昌，还特意提出要见我们队，和我们队打了一场球，我们还在一起照了合影，照片现在我还留着。我第一次来北京就是1956年代表四川公安队参加首届全国公安体育运动会，罗瑞卿还接见了我们。"

2003年，刘兴智的儿子刘康勇放弃家乡的工作，来到北京成为北漂一族。2005年刘康勇终于在北京有了一个家，特意把父亲从老家接到北京生活。刘康勇说："2005年2月11日那天我父亲来的北京，当时他已经50年没有来过北京了，来的时候除了带来几件换洗的衣服，再就是带来几张当年在北京拍的纪念照。第二天一早他就拿出50年前在天安门前照的这张老相片在看，就问他想不想去天安门看看，他说很想，我当天就陪他去了天安门广场。去之后他很激动，没想到从家走的时候，他还特意拿了那张老照片，并且拿着老照片到处找他当年照相站过的位置。那天我父亲非常高兴，从此我父亲一直和我生活在北京，每到国庆的时候就陪他去广场转转，每次他都很高兴，似乎一点都不觉得累。这次你们在报纸上征集天安门的老照片，他看见之后一定要去参加，我们也很支持。你们约他去广场照相那天，他激动得早早就起床

了，还精心选择穿什么好，最后他根据自己的老照片，穿了运动服和运动鞋，带着照相机一个人去了天安门，回来之后他在电脑上不停地看当天拍的照片。这代人的确对天安门和共产党有很深的感情。"

目前，刘兴智正在以自传体的形式撰写一部《大凉山剿匪记事》。他说："剿匪的事我基本都还记得，再不写就想不起来了。我那时枪法很准，打土匪一枪一个，都能击中。这段历史是我人生道路中最为难忘的一段，所以我要把牺牲的战友和我们是怎么消灭土匪的过程全部写出来，给我儿子留下，让他看看我们这些共产党人是怎么走过来的。"

打到南京去，活捉蒋介石

郭志明，1939年生于北京市房山县马各庄村。1944年就读于房山城关小学，1949年在房山街头参与过"欢迎保卫北京和南下的解放军队伍"活动，那时他们高喊的口号是："打到山西去，活捉阎锡山；打到南京去，活捉蒋介石。"从此，他一直希望自己长大也能成为解放军战士。

郭志明说："我1949年小学毕业，玩了几年，1952年回河北老家白洋淀开始读初中。我老家是水乡，所以我从小就喜欢水，1955年我初中毕业考取了北京水利学校，1958年毕业分配填表的时候，我的去向填的是西藏、新疆、海南岛，结果把我分到了广东省水利电力厅工作。干了3年，1961年我应征入伍去广东韶关当了兵，8年后复员回到原单位，1972年和别人对调到北京电力科学研究院工作。1979年40岁那年，我成为一名援藏干部，去了西藏当雄的羊八井参与建设地热电站，我和孔繁森是同一批援藏干部。那时援藏，给家属和子女解决商品粮和北京户口，所以我就带着爱人把户口迁到了西藏，3个孩子都留给了父母。在西藏工作了5年之后，1983年我们内调回到了北京，连同孩子的户口也从河北进了北京，一家人才算团聚了。想想这一辈子，也真是不容易，一年最少有200天出差在外，先后在河北、天津、广东、江苏等地参加过好几十台发电机组的建设和调试，一直干到1999年退休。"

现在，郭志明的3个孩子除了大女儿在北京工作外，二女儿和儿子都在日本工作。他认为家庭条件比上不足，比下有余。

郭志明很喜欢去天安门广场拍摄纪念照，最早的一张是1956年在北京上中专的时候拍的，除此之外，他还有很多张天安门前的留影。他说他每次调离北京或是从外地回到北京，几乎都要特意赶到天安门前照张纪念照。他认为天安门是最为神圣的地方。

郭志明

1956

郭志明

2009

我和杨司令一起共事四十多年

艾星，1925年生于河北省易县赵岗村一个小学教师家庭。1937年于易县第八完小毕业，1938年考入易县第三抗日中学，1939年因病退学。1942年春参军进入晋察冀第一军分区司令部运输队，成了一名小八路。

艾星说："1944年秋天，组织上发现我有文化，突然把我调到第一军分区司令员兼政委的杨成武身边，给他当警卫员。半年后杨司令升任冀中军区的司令，一下管了5个军分区，他走的时候就把我带走了。我跟他去了白洋淀，天天跟着他打仗，还要保管文件、挂地图。那时白洋淀周围到处都是日本人，我们打掉了日本鬼子的所有岗楼，打败日本鬼子又打国民党，很多次死里逃生。我算是幸存者。

"1948年冬天，形势基本稳定，组织上安排我去石家庄的第一军医大学医疗系学习。1951年我本科毕业即将实习的时候，正好赶上抗美援朝，杨司令又把我要去跟他一起去朝鲜。当时他是解放军20兵团的司令，带着67和68两个军入朝打仗，我管医务工作。朝鲜冰天雪地，在那里打仗非常艰苦，天上的飞机和地下的大炮整天疯狂地轰

王继兰　艾星
1956

王继兰　艾星

2009

炸。尽管如此，我们还是把美国鬼子打到三八线以南去了。

"1952年5月，我跟着杨司令一起回国，去了天津警备区直属医院工作。杨司令去华北军区当了参谋长，也就是现在的北京军区，不久又当了司令员。1956年我被派往北京，在军区举办的一个学习班学习，就和现在的研究生班一样。1959年我被调到北京军区司令部门诊部工作，主要负责杨司令和一些首长的保健工作。我和杨司令一起共事四十多年，相处得非常好。直到1982年我才离休，当时他是全国政协副主席。"

艾星和他的老伴王继兰都是副师级离休干部。他们1953年结婚，1955年分别被授予上尉和少尉军衔。婚后王继兰考入上海第二军医大学，先后读预科和本科达8年之久。1956年回京探亲去大栅栏逛街路过天安门的时候，摆摊照相的拉着他们照了这张相，不是特意去照的。

我认为在天安门照相就是和毛主席照相

许伦尧，1934年生于湖北省荆门市。1951年在武昌二中读初二的时候应征入伍，进入解放军石家庄白求恩和平医院学习。1954年毕业分配到华北军区第五后方医院从事医务工作。

许伦尧说："我是响应抗美援朝，保家卫国的号召，自愿报名参加军医干校学习的。原计划是培训8个月就上朝鲜战场做救护，结果谈判成功后不打仗了，我们也就没去成朝鲜。其实当时我们都很想去朝鲜前线锻炼自己，做一名白求恩式的白衣战士。1954年毕业分配到华北军区第五后方医院干了几年，1958年调到酒泉卫星发射基地的国防部队工作，任务完成后，我被调到河南，1963年又被调到北京，在国防部第五研究院工作。1965年集体转业，所在单位改称七机部，现在又改成了中国航天科工集团公司。

"我第一次到北京是1954年。当时是来北京展览馆参观苏联的一个展览，展览的主要内容是苏联社会主义建设成就展。那次来很忙，没有去成天安门。1956年我第二次来北京是送病号，送完病号去前门火车站回定县。等火车的时候，我到天安门前照了一张相。当时虽然穿的军大衣还是借来

的，但心情依然很激动，认为在天安门照相就是和毛主席照相，感到无比幸福和喜悦。"

许伦尧1994年退休后一直迷恋门票、邮票和纪念币的收藏，先后收藏了五千余张国内外的各种门票和多种邮票以及大量纪念币。他认为自己的收藏并不是很专业，理论性也不是很强，只是为了增长知识，陶冶情操。

首都天安門留影 56.3. 中山公園照像部

许伦尧

1956

许伦尧

2006

但愿我们经历的那段历史不再重演

成良达，1943年生于安徽省广德县誓节镇一个小学教师家庭。1954年考入宣城中学，1957年巢县中学初中毕业，1958年考入北京市煤气热力公司，参加为迎接建国10周年开办的技术训练班学习。学习结业后，他被分配到煤气热力公司基建科工作。当时正是北京"十大建筑"最为热建的时期，他每天都忙碌在东西长安街、人民大会堂、历史博物馆的工地上，负责煤气热力管道工程的监工和验收。国庆工程完工后，他被调入北京市煤气热力公司东郊罐站工作。1965年东郊罐站划归北京焦化厂。1980年他又调回煤气公司。1983年中日友好医院兴建，他被招聘到该院，有幸成为唯一的气体工程师，负责煤气和医用气体的建设和管理，使中日友好医院成为国内首家将现代化的医用气体引入病房的医院。1988年卫生部医政司成立医用气体技术中心，他被任命为该中心办公室和标准规范部主任。2003年退休。

成良达说："我家兄弟姐妹四人，但都由于家庭出身的原因，一生非常坎坷。我爷爷本是晚清从湖北逃难到安徽的移民，后学中医得成并小有名气。20世纪30年代，他把我父亲送到安徽大

成良达
1957

成良达

2009

学法律系学习，父亲在校加入了国民党。第二次国共合作时期，父亲已是国民党政府法官，抗战后期回乡任教。1950年，父亲作为历史反革命被逮捕入狱，1956年释放。当时，积极要求进步、毕业于上海同济大学、已在铁道部工作的姐姐和在部队任军医的哥哥，为了与这个反革命父亲划清界限，先后把我母亲、妹妹和我接走，全家与父亲断绝了关系和来往。父亲为了不影响我们，从此在我们的视线中消失了。我们兄弟姐妹四人虽然都勤奋学习、努力工作，并在各自的岗位上干出了一番成绩，但在那个极左的年代，我们依然被笼罩在父亲所带来的阴影下，一直受到他的牵连……最遗憾的是，因为他，我们再努力也没有一人能成为光荣的共产党员。好在改革开放、拨乱反正之后，我们家情况有了不少变化，姐姐成为我国桥梁专业的高级工程师，参加过很多重要桥梁的设计工作，现已80高龄，早已退休，在上海安度晚年；哥哥成为我国著名的脑外科专家、教授，虽也年近八旬，但仍被聘为广州三九脑科医院脑外科主任，还在发挥余热；妹妹刻苦奋斗、从事科研，20世纪80年代与妹夫一起获得过国家科技进步一等奖，现为广州中山大学教授，广东省政协常委……过去的一切终于都过去了，但愿我们经历的那段历史不再重演。"

几十年后的今天，成家兄妹的出身早已无人问津，但留在他们心中的那片阴影和当年与父亲不得不断绝关系和来往的情景，恐怕永远都是他们心中的一道伤痕。

我和妹妹在天安门墙根儿下抓蛐蛐和蚂蚱玩

任德荣，1946年生于西安一个国民党普通文职军人家庭。几个月后随父母及哥哥、姐姐迁居北平，家住西皮市大街。在她的记忆中，过去的西皮市大街就是现在人民大会堂东门前那条南北向的马路，当时的门牌号是由北向南排，她家的门牌是西皮市2号，紧临现在的长安街。

任德荣说："那时最大的乐趣是，我和妹妹在天安门墙根儿下抓蛐蛐和蚂蚱玩，或者在广场上跑来跑去跳皮筋、跳方格。那时天安门前的路很窄，广场还围在红墙里，路上没有汽车、没有警察，也没有游客，平常只有一些摆地摊和做小买卖的人，有时也有一些和尚和尼姑在那里游荡。后来红墙推倒后才有了一个很小的广场，有时还放露天电影，再后来广场才一步步扩大。解放后，天安门广场每年的'五一'和'十一'都有集会，我们家门口总是被画上白线，不许走出界限，所以我们只好站在家门口遥望城楼上的中央领导，毛主席、周总理、朱老总在城楼上招手，我们都看得很清楚。后来要建人民大会堂，我家被拆迁，搬到了宣武区的东经路。人民大会堂建成的时候，彭真市长首先邀请我们这些拆迁户参观了人民大会堂。"

任德荣先后就读于中关村的保福寺小学、北京九十五中学和北京四十三中学，1965年考入北京师范学院。我问她大学生活是否顺利。她说："'文革'开始后，我被安排到校办工厂做毛主席像章，很长一段时间，我每天就是拿着一个注射器小心翼翼地给毛主席像章上色。毛主席的脸是金黄色的，一点都不能搞脏，搞脏就有可能被打成反革命。幸亏我没有搞脏过，一直做了半年。那时候人和人不比知识，只比谁身上戴的毛主席像章大、谁戴的毛主席像章是新花样。那时候的人都削尖脑袋往红卫兵的队伍里钻，谁要是戴上红袖章谁就有资格训斥别人，甚至训斥自己的老师。"任德荣大学毕业后，先后在地质大学附中和八一中学任教，工作很出色。

任静，原名任辛荣，中共党员。1950年生于北京宣武门大教堂旁边的西拴马桩18号，后随父母迁至天安门西南角的西皮市2号。1966年于北京七十中学初中毕业，1969年赴河南新乡县农村插队落户，当过农民，也当过赤脚医生。1973年被推荐上了新乡师范学校，毕业后任教，多次被评为先进教师，还曾连续9年担任乡妇联主任。1997年为了孩子的户口提前退休回到北京。现在任静的两个孩子大学毕业都有了自己的工作，而且在工作当中都很努力。

任德荣　任静

1957

任德荣　任静

2009

北京天安门留影．1958.春节.中兴

应左娃　章锦芳　应代娅　应德毅

1958

应左娃　章锦芳　应代娅　应德毅

2009

孙子和外孙子清华大学和哈佛大学毕业的都有

应德毅，1924年生于浙江省永康县石柱村。1944年考入当时设立在浙江山区的北洋大学机械工程系。抗战胜利后，随北洋大学回到天津学习，1948年毕业分配到辽宁锦州铁路局。1949年2月参军，并被编入第四野战军铁道纵队，同年10月前往北京参加开国大典。1950年朝鲜战争爆发，成为一名志愿军战士，坐着闷罐车前往鸭绿江，一直在前线修理汽车。1957年随铁道兵司令部进京，全家迁至北京。1958年由于蒋介石反攻大陆的计划，部队迅速掀起了一场军官家属返乡的热潮。于是除应德毅留在北京外，全家都被送回了浙江老家。不久风声小了，一家人再次回到北京。

应代娅说："我父亲岁数大了，耳朵也不好用了。他现在是副军级待遇，一个月11500元的收入，妈妈也有1000多元的收入，身体很健康，生活条件很好。我是1955年生于浙江省永康县，同年跟着妈妈随军去了部队。1970年在北京十一中学上初二的时候参军，在铁道兵14师当了6年卫生员后复员进入四机部，后来成为清华大学附属医院心电图室的一名医务人员。我妹妹应左娃1976年从十一中学高中毕业去了北京郊区的昌平县沙河镇插队落户，1977年恢复高考后考入上海同济大学土木工程系，后来又去德国留学并获得硕士学位，一直在德国和香港工作，前几年又回到上海工作。"

应德毅虽然年迈耳聋，但发送手机短信却很利索。他用短信告诉我："我们家人丁兴旺，也算辉煌，5个孩子基本都受过高等教育，女儿、儿子、女婿和儿媳妇，博士、硕士都有，孙子和外孙子清华大学和哈佛大学毕业的也都有。相信他们在今后的人生道路上，都会做出更大的贡献。"

我和毛主席单独照过五次合影

吕厚民，1928年9月9日生于黑龙江省依兰县的一个小手工业者家庭。1947年从依兰高等学校高中毕业后参加了土改革命，1949年考入东北电影制片厂培训班，同年结业进入北京电影制片厂摄影科工作。第二年有幸调入中南海，并成为毛泽东的专职摄影师。

我问他怎么调入中南海的。他说："1950年的一天，我们科长突然对我说，组织上调你去中南海警卫处工作，主要是给毛主席和中央领导拍照，你去准备一下，赶紧去人事科办手续。我当时非常高兴，因为在这之前我做梦也没想到这辈子能给毛主席照相。我马上就跑到人事科开了一封介绍信，把铺盖卷一背就去中南海上班了。不过我和主席还是挺有缘的，我的生日就是他的逝世纪念日。"

我问他在中南海住得离毛主席有多远，第一次见到毛主席是在什么地方。他说："不远，他在丰泽园的颐年堂住，我办公室和宿舍都在西八所，和主席的办公室和住处只有一墙之隔。第一次是在颐年堂见的主席，当时感到很幸福，激动得都有些紧张，活动结束后就像做了一场梦。"

我问他毛主席喜欢拍照吗，拍的时候可以摆布吗。他说："没觉得喜欢不喜欢，平时你想照就照，不想照就不照，也没有规定什么能照、什么不能照，照他光膀子他都不管，所以一起出去很轻松，心情一点都不紧张。我没有摆布过主席，每次给主席拍照片都是抓拍，怎么好意思摆布主席啊！"

我问他在毛主席身边工作了多少年，一共拍了多少张照片。他说："1950—1957年是负责毛主席、周总理和其他领导人的拍摄，1961—1964年担任毛主席的随身记者，一共12年。究竟拍了几千张还是几万张照片，我也不知道，底片都在新华社，包括我和主席合影的底片也都在新华社资料室，我要用一下还要花钱买，而且很贵。"

我问他和毛主席照过几次合影，合影都是谁给照的。他说："我和毛主席单独照过5次合影，要说和大伙儿一起照的，那就多了。其实单独只照过4次，还有一张是我和我爱人和主席3个人一起照的，等于一共照过5次。有侯波照的、有李银桥照的、有江青照的，抓住谁就让谁给按一下。"

我问他是不是有毛主席的亲笔题词。他说："不是题词，是签名。当时我调出中南海了，临走的时候把本子交给卫士长李银桥，让他找主席给我签个名，结果第二天就签好给我了。

主席很认真，是用毛笔写的，写了我和我爱人两个人的名字，然后写了他自己的名字和日期。朱老总也写了，他给我写的是'把社会主义建设写照回来'。都在一个本子上。"

我问他为什么离开中南海，为什么下放农村，后来怎么回来的，回来干过什么工作。他说："当时新华社有坏人整我，主要是嫉妒。后来我给主席写了封信，所以又回来工作了。回来担任过中国摄影家协会书记处常务书记、副主席、党组书记、中国文联副主席。"

吕厚民曾被评为全国先进工作者，出版过《毛泽东》《领袖风采》《我镜头中的伟人毛泽东》《我镜头中的伟人周恩来》等多部大型文献摄影作品集。在世界各地举办过多次摄影作品展览，获得国内外多项杰出贡献奖和终身成就奖。

吕厚民　刘钟云
1959

吕厚民　刘钟云

2006

我们最多一次曾经抓过三百多名俘虏

尹仁，1933年生于湖南省衡山县宣州镇鱼石村大塘村民小组一个普通农家。由于家境贫寒，小学二年级便辍学回家，为别人家放牛、种田当小工，给国民党挖工事贴补家用。

1946年6月，国民党部队在他们村安营扎寨，四处挖工事，准备对付共产党。1949年初的一天，村里突然来了一个地下党的交通员，暗中在村里了解国民党挖工事的情况。不久尹仁就跟着交通员开始偷偷摸摸给共产党通风报信。一次送信，差点被国民党抓获，多亏他事先把纸条吞进肚子，免于一死。利用他提供的信息，有一天，共产党突然袭击抄后路端掉了国民党设在鱼石村的老窝。

尹仁说："那次打仗全凭共产党的部队抄后路，要不然肯定打不过国民党。因为国民党不仅武器好，工事也修得好，他们修了整整三年的工事。后来被共产党全部给打掉了。当时江水被染成了红的，地上水里到处都是尸体，满地扔的是枪炮和钢盔。跟着40军那个地下党的交通员跑了半年之后，1949年6月初，我就进了解放军第40军119师355团1营3连一班当了兵，参加的

尹仁

1959

尹仁

2009

第一场战役就是解放海南岛。1950年8月，我们部队又被派往朝鲜，参加抗美援朝。在朝鲜我当过侦察兵、步兵、炮兵，战斗中打死过不少美国人、英国人和土耳其人，还打过飞机，而且打下来过美国的王牌军，最多一次曾经抓过三百多名俘虏。可惜在第四次战役中，我的头部受伤，差点死在朝鲜。那次是被美国飞机扔下来的子母弹炸伤的，子母弹是在空中爆炸，很难防。在朝鲜打了3年仗，还学会了开车。1953年7月回到中国，回国后我们部队一直在辽宁省黑山县大虎山一带。1958年我从部队转业分配到北京工作，一直在中科院自动化研究所和声学所给领导开车。一直开到1993年退休。"

按照国家相关政策规定，尹仁从1949年初开始偷偷摸摸给共产党通风报信就算是参加革命，但他当时没有去正规部门登记过，所以没有档案记载。那么他的军龄完全可以按照1949年6月初进入解放军第40军119师355团1营3连一班当兵算起，可是相关部门又说他的档案在朝鲜时被炸飞了，所以他的军龄只能按照1950年1月13日重建档案的日期算起。为了确定参加革命的日期，为了争得离休而不是退休，尹仁先后多次找战友和家乡政府为自己出证明，但相关部门一直不予认可，使得他的军龄一直不能按照实际参军的日期算起。尹仁说："我很寒心，干了一辈子革命，现在一个

月只有2080元的收入，很低很低。要是按照实际工龄算的话，我一个月最少多拿一两千元。可惜我生来耿直，不会拍马屁，事情一直解决不了。不过也怨自己当时没把这当回事，包括我连残废证都没有，那时年轻不在乎这些，现在后悔却晚了。"

尹仁说他这辈子开过很多种车，美国的道奇、吉姆西和苏联的嘎斯、吉斯都开过，不下20种，包括缴获美国拉高射炮和榴弹炮的特种车也开过。这张1959年在天安门前的老照片，是他在自动化研究所为所长开专车时拍的，那时天安门前平常没有警察，车随便停。有一天他拉所长去北京饭店开会，中间空闲，他开着那辆苏联华沙M20型的卧车特意去天安门留了一张影。

疲惫的眼神仰望着天安门

潘赢超，1927 年生于辽宁省辽阳县，1987 年离休。苏军，1927 年生于辽宁省辽阳县，1980 年退休。潘科，1953 年生于鞍山市，当过兵，做过工人、记者，经过商，现在常住北京。

潘赢超说："我 1942 年小学毕业去了石印厂当徒工，管吃管住不给钱，3 年满徒后，我开始'吃劳金'，每月 100 块钱，正好是'光复'的那年。1949 年我参加革命工作，成了解放后第一批人民警察，先后在军用机场派出所、采石场和铁矿工作，1950 年我就入了党，1959 年支援大西北调进了红旗机械厂工作，就是现在的西安航空发动机公司。"

我问潘赢超一共来过几次北京。他说："三次，北京的变化太大了。没想到潘科在北京能住这么好的房子，我们看见他住的好，比我们自己住的好都高兴，也没想到这么大年纪还有机会来北京。第一次是 1959 年从东北调往西安路过北京。第二次是 1966 年大串联，那时我管食堂，炊事员嫌待遇低，成立了造反队，派了十多人当代表，我不放心就跟着来。走的时候我们印了很多传单，一路上见人就发，传单的题目是炊事员的待遇太低了，根本没有搞清那场运动的目的，只想提高炊事员的待遇。到北京后，三机部接待站除了给我们安

排吃住之外，再就是安排我们去工人体育场参加过两次批判大会，一次是斗朱德，还有一次好像是斗什么部的一个部长，人太多到不了跟前，也没看清朱德是个什么样子。炊事员的待遇也没提高，等于白跑一趟。"

我问他第一次到北京的感受。他说："第一次到北京是上午 9 点钟左右，第一件事就是带着全家人去看天安门。到天安门后，我的心情很激动，因为过去只是在电影里看见过天安门和毛主席。就是那次我们一家三口照了一张相，当天晚上就坐火车离开了北京。不过今天跟你去天安门照相，除了感觉到人太多之外，几十年以前那种激动的心情一点都没有了。那时候人民大会堂还没完工，后来经常在电影里看见毛主席在大会堂接见外宾，还以为毛主席住在大会堂。那时中南海还没有出名，好像是'文革'中才开始宣传红太阳从中南海升起照亮了全国。这时候我才知道毛主席住在中南海。"

苏军说："那时候穷啊！孩子口渴了我们就给他买一个梨，大人舍不得吃。"

潘科说："那个大鸭梨的味道我现在还记得。不过今天来广场觉得很不方便，没地方停车，老人走累了连个坐的地方都

没有，不少人只好坐在马路牙子上。我感觉所有的人都很不从容，甚至很疲惫。去天安门广场的人多数是游客，特别是下层人居多，生活在下层的人才有兴趣去那里看看，去留张影。包括我们这样的人，虽然有车有房，对现在这个社会来说，我们依然可以说是下层人，根本谈不上是西方人所说的中产阶级。我去过很多国家，比如美国的白宫，也是天不亮就有整车整车的各地游客被拉到白宫门口等待参观，也挺烦。但那些人神态却显得很从容，不像我们这里，一群又一群人疲惫的眼神仰望着天安门，然后满头大汗照张相就走人。"

首都天安门留影 1959.10. 北京大地摄

苏军　潘科　潘赢超

1959

苏军　潘科　潘赢超

2005

我们从事了一辈子保密工作

姚庭宏，1938年生于江苏省无锡县一个职员家庭。1956年从无锡辅仁中学考入北京工业学院机械系军工专业。姚庭宏的爱人陈学慈1938年生于河北承德，1956年从北京三十九中考入北京工业学院机械系军工专业。他们1961年毕业后分配入伍，1961年起在炮兵科学技术研究院工作，1965年起先后在中央军委炮兵科研部、司令部及总参炮兵部工作。1993年姚庭宏被授予大校军衔，现夫妻二人已双双退休。

陈学慈说："我们大学毕业之前才确立了恋爱关系，毕业后我分到沈阳，他留在北京，都是军事科研机构。在北京分手的时候，我们去全聚德吃了一顿烤鸭，去天安门广场照了一张合影。我坐火车走的时候，他还去火车站送我，我哭着离开了北京站。等我刚去沈阳一个多月，他突然和别人对调来到我所在的部队，当时我一点都不知道。1963年我们在沈阳结婚。我们俩是大学同桌，学一样的专业，做一样的事情，有共同语言。我们考大学都是通过政审的，而且把关很严，学我们这个专业的，都不能有家庭历史问题。我的工作先是研制打飞机的军工武器，后来又从

首都天安门西侧 1961.7.摄

姚庭宏　陈学慈
1961

姚庭宏　陈学慈

2009

事科研管理工作。他是从事反坦克武器的研究，保密性都很强。那时每次试验一种新的武器，我们都要去现场体会，有时还要亲自操作，教战士怎么用，所以他的耳朵很早以前就被震聋了。"

姚庭宏说："我们从事了一辈子保密工作，亲身经历了很多事情，但由于组织纪律的规定，很多话不能对外说，所以我们平时和外人聊天，除了说一些简单的军事常识之外，只能聊聊家常。我们1988年和1993年先后退休，现在的主要任务就是看孙子，我老伴还喜欢玩电脑、游泳、跳舞。"

我问姚庭宏住房条件怎么样。他说："很一般，我们住的是部队的老楼，面积小不说，主要是岁数越来越大了，住在五层上下楼很不方便，加之我们的工资已经转给地方民政局管理，所以更不可能给我们换房子了。好在每年八一建军节的时候，部队或多或少还给我们发点东西。其实我们并不是为了那点东西，而是一种心理感受，毕竟我们在部队工作了一辈子，和部队有着一种特殊的感情。"

一家人有吃、有喝、有玩、有乐，没烦恼

王京琦，1957年生于北京一个干部家庭。1975年北京四十二中高中毕业，1976年招工进入北京华天饮食公司工作二十余年。2000年，她响应国家政策以每年1500元的价格买断工龄，获三万余元。为了生计，前几年一直四处奔波打工。

王京琦说："1961年去天安门照相，好像是我姑姑从辽宁海城来北京玩，父亲带我们去广场游览的时候照的。当时我姑姑和我哥哥岁数也很小，他们都在上学。那时我才4岁，去天安门照相的事一点都记不清了。现在我父亲去世了，我和姑姑也没联系了，只知道我姑姑长得很漂亮，叫王泽香。照片上的三个人还有一个是我哥哥，叫王开金，1953年生人，北京一一零中学毕业，1969年去的黑龙江建设兵团当知青。1976年回北京分配到第二汽车制造厂工作。1977年恢复高考后考入北京师范大学，本科毕业后进入国家海洋局工作。第二年他辞职去了日本留学。一年后回来考入北京图书馆，至今还在国家图书馆工作。哥哥是我家最有出息的一个。

"2007年，我年满50岁，按照政策办了社保，现在每月可以领到1700多元，生活终于有了着落。我现在和86岁的母亲一起生活，住房是父亲在世的时候，一机部给的一套老房子，已经五十多年了。我们虽然钱少，但生活没问题，儿子也工作了，一个月一千多块钱，自己顾自己也没有问题。母亲一个月国家给发300元，一家人有吃、有喝、有玩、有乐，没烦恼，可以说比上不足，比下有余。"

目前，王京琦最大的愿望就是能够找到一份适合自己的工作，她认为自己并不老，还可以干一些力所能及的事情。同时她也表示自己没有文凭，能力有限，也不会电脑，只会玩"斗地主"。

首都天安门由超 1961.9.

王京琦　王泽香　王开金

1961

王京琦　王开金

2009

王加强

1963

王加强

2009

要是穿军装照相，会更有纪念意义

王加强，1941年生于北京一个小职员的家庭。1958年北京二十八中初中毕业参加工作，1961年入伍，1965年复员回到北京冶金地质机械厂工作，1977年调入北京第二汽车厂，1997年退休。

王加强说："我从小一直生活在皇城脚下的小苏州胡同，解放军进城的时候，我们胡同里的孩子都跟着看热闹。后来的开国大典、镇压反革命、抗美援朝、庆祝公私合营、大炼钢铁、十年大庆、三年自然灾害、文化大革命，我都记得清清楚楚。那时候，北京人少，管得也不严，很多活动只要自己想去，都可以去参加，和现在完全不一样。那时候天津和通县混得好的都奔北京来，北京混不下去的都往丰台跑，搞文艺、说相声和有一技之长的都往天津跑。因为天津是个港口，有的人觉得港口城市有发展，所以不少人去天津安营扎寨。但我们家属于普通家庭，始终没有离开北京。"

我问他有什么爱好。他说："受遗传基因和环境的影响，我从小喜欢体育，酷爱中长跑。1966年和1972年，我分别获得北京市春节环城赛跑优秀运动员和北京市田径运动会一万米冠军，还代表北京市参加过第三届全运会。多年来，我一直在参加市里的体育活动，2004年在有关部门的支持下，我们还组织成立了北京市老年体协春节环城赛跑俱乐部。2006年在市体育局的关心支持下，我还编辑出版了一本纪念北京市春节环城赛50周年的纪念册，收录了很多老照片。2008年当选为北京市老年体育协会理事。"

王加强不仅喜欢体育，还热衷于老照片的收藏。他说："这些年我一直在收藏老照片，包括体育的和关于国家命运的老照片。收集到最老的体育照片是1923年的，包括背着牌子五花大绑押往刑场的巨贪刘清山、张子善的老照片我都有。中央电视台、人民日报、北京晚报和很多媒体都报道过我的收藏。"

我问他1963年为什么去天安门广场照相。他说："那时我是一名军人，正好休假，就跑到天安门广场拍了一张纪念照。当时天太热，没穿军装，要是穿军装照相，会更有纪念意义。"

毛主席夸我守门守得好

汪嫒香，1942年生于日本东京。父亲是北京赴日本的留学生，母亲是日本人。出生半年后，随父母回到北京。两岁时母亲病故，她一直跟着父亲和祖母生活。因从小热爱文艺，1958年在北京女五中上高中的时候应征入伍，去新疆军区政治部文工团成为一名演员。1963年复员回京，先后在北京第二机床厂、北京市外国企业服务总公司工作。

我问汪嫒香"文革"时这个特殊的家庭是否影响到她的生活。她说："影响太大了，我刚结婚9个月，我先生就被关进了隔离室，孩子出生半年多才见到自己的爸爸。当时我娘家和婆家被多次抄家，受尽了凌辱。对我个人来说，更是不敢越雷池一步。另外还因为我继父的父亲和弟弟都在台湾，彼此虽然没有联系，但也是客观存在，加之我先生的父亲和哥哥早年也是留日的。他哥哥1947年在北京辅仁大学毕业后一直在台湾从事教育工作，1949年他父亲去台湾看他哥哥时，正好遇上两岸禁运，从此再也没能回来，直到20世纪60年代在台湾去世。

"'文革'中造反派怀疑我先生是埋藏很深的敌特，在按照他父亲行前的指令潜伏下来，利用运动特长打入体育界，抓紧出国机会递送情报。所以抄家时连我家房顶上、地板下都不放过，还特别在夹壁墙中查找东西，认为里面有枪和电台。越找不到越不甘心，看到我先生作为国家运动员出访苏联

时，与前来接机的一位州长在机场的合影，硬说是得到了修正主义头子赫鲁晓夫的亲自接见，并且把我先生打成了现行反革命。在那种情况下，不少人建议我和他划清界限，有的好心人还督促我和他离婚。但我清楚他不是坏人，坚决不离。不过在那种政治气候下，无论是在工作或者是日常生活中，我们不得不谨小慎微，更加刻苦，以证明我们的大节无愧。"

汪嫒香的先生刘国斌说："我1950年考入北京辅仁大学经济系，当时正好遇上院系调整，我被归并到了中央财经学院贸易系读书。毕业后，1953年我作为北京青年足球队成员，参加了上海举办的全国足球锦标赛，以最佳守门员的身份被调往中华全国体育总会足球队，也就是国家队。本来第二年国家队要去匈牙利学习，结果宣布的名单却没有我这个主力，只去了张俊秀一个守门员。后来才知道是因为我的出身不好或海外关系的问题，怕我出去跑了或叛变。那时候让我出国不仅要看时间和地点，还要看是什么类型的国家。蒋介石叫嚣反攻大陆时不行，网球运动员胡娜叛逃时不行，去资本主义国家绝对不行，只有去社会主义国家可以考虑。记得1959年去东德和波兰访问，本来东德是社会主义阵营，结果也没让我去，后来我才听说是因为东德和柏林之间有一座大桥是通的，怕我跑过去逃到台湾进行反动宣传。1957年去朝鲜访问，朝鲜国家队的一队二队都被我们打败了，作为守门员，我一球未失，被朝鲜的媒体誉为'墙壁'，这张报纸

我留存至今。1955年苏联泽尼特队访华，我们在先农坛体育场迎战。我首发上场任守门员，当时毛主席、周总理及众多中央领导都到场观看。赛后毛主席接见了我们，我和毛主席还握了手，毛主席夸我'守门守得好'！现场不仅拍了照片，还拍了电影，但我背着出身不好的包袱，始终没敢奢望得到这张照片。1962年我被下放到北京第二机床厂，兼任厂足球教练，我带的厂队获得了全市冠军，还战胜过许多省级队。'文革'开始后，我早有自知之明，不敢乱说乱动，没参加任何派性组织，只是干些具体事，比如蹬着板车买大字报纸、墨汁、糨糊等，但也没有躲过挨斗、抄家和进牛棚。直到1978年才被调入北京棋院任副领队兼教练，后来又被调到国家体委棋类办公室工作。

"这些年我多次接受中央电视台的邀请，给全国观众播讲象棋。2002年我家还被评为北京市的'藏书明星户'。在中央电视台采访我的过程中，有一天王京宏编导给我送来一个纸包，打开一看，使我惊喜不已，原来是我和毛主席握手的照片。他说是在新闻电影制片厂的片库里挖掘出来的。这张照片何等珍贵啊！只是可惜迟到了将近50年，要不然也许我会少受很多折磨。"

汪媛香　朱荣曾
1963

汪媛香　朱荣曾

2009

首都天安门西影 1964.2 摄

李海绩

1964

李海绩

2009

我的人生是无悔的

李海绩，1938年11月生于山东省章丘县明水镇一个农民家庭。童年在战争的苦难中度过，新中国成立时11岁。从小刻苦学习，先后在本村、临村、县城和省城读完小学、初中、高中。1958年被保送到山东大学中文系。1962年大学毕业后被分配到教育部，作为出国储备汉语师资在北京外国语学院学习法语，三年后到北京语言学院来华留学办公室工作。1966年10月文化大革命开始不久，被教育部派往柬埔寨王家大学任教，两年后任满回国。

李海绩说："1968年7月回国后，我在济南与相恋8年的女友结了婚。此时，军宣队进校并展开深挖阶级敌人的混乱局面，不久又进入'斗、批、走'的阶段。1969年秋，根据林彪的'1号命令'，我和北京语言学院的老师们一起，下放到了远离北京的583劳改农场，进行劳动锻炼。白天修'战备公路'，晚上还要开会学习、改造思想、开批斗会。那时的知识和知识分子可以说一钱不值。1970～1972年，我又被派往非洲马里巴马科任教两年。两次出国工作，使我有幸躲过了文化大革命的惊涛骇浪。1972年回国后，先是参加了北京语言学院的复校工作，从1974年12月开始至2000年12月退休，一直在国家教育部工作，历任副处长、处长、副司长、正司级巡视员、港澳台事务办公室主任、国家督学，还兼任过国家汉办副主任、海峡两岸关系协会理事等职务，从事过外国留学生管理、对外汉语教学管理、外国专家管理、国际学术会议管理，以及对港澳台地区的交流等工作。其间，

1981～1985年，被派往中国驻比利时大使馆任二秘、一秘，1989～1992年在中国驻法国大使馆任教育参赞。"

李海绩在他的《我的追梦人生》一书中写道："我深知自己是一个普普通通的人，没有耀眼的业绩，但我的人生还是有意义的。记得年轻时读小说《钢铁是怎样炼成的》，保尔的一段话在我的耳边响了几十年，'人的一生应该这样度过，当他回首往事时，不因虚度年华而悔恨，也不因碌碌无为而羞耻……'我自认为我做到了，我的人生是无悔的。"

其实，李海绩的一生是不平凡的。他凭着自己的努力，走出田间，当教师，出任外交官，先后在国外工作12年，长驻或出访三十多个国家。几十年过去了，他经历了共和国的风风雨雨，为我国的对外教育交流，发展中外友谊，作出了积极的贡献。

孩子们过早地尝到了人世的沧桑

陈士和，1931年生于上海一个军人家庭，抗战时期生活在四川。1954年从北京林学院毕业，被分配到山西省水利厅从事水土保持工作，后成为一名高级工程师。在黄土高原的坡、沟、塬、梁，她和当地农民同吃、同住、同劳动，一干就是近40年。陈士和20世纪80年代加入中国民盟，曾任民盟中央妇女委员会委员、民盟山西省妇女委员会副主任。

陈士和说："那时候从事水土保持工作，经常要和老乡们一起打坝、淤地、修梯田、种草、种果树，是工作和劳动练就了我的铁脚板和好胃口，更让我学会了苦中作乐、笑对生活。在那个特殊的年代，我和我的家庭遭受的艰辛和痛苦早已不想再去回顾，就是回顾也无法用言语来形容。"

陈士和的父亲陈惟中，1896年生于四川隆昌一个地主官宦家庭。18岁独闯江苏、上海，在孙中山先生的感召下，积极投身于反清、反帝斗争。早年他从南通纺织学院毕业后，便远赴南洋，先后在印尼、马来西亚等地建立了三所中华学校并任校长，向海外侨胞子弟传播中华文化，因此受到英国和荷兰殖民政府的迫害。1926年回国参加北伐革命，在国民党总政治部主任邓演达和郭沫若部下任职，担任24军宣传大队长，同年成为黄埔军校招生委员会成员。解放初期担任成都蓉新纺织厂厂长、农工民主党省委委员、川西省第一届人民代表大会代表。1951年镇压反革命运动中，这位爱国将军却被定为"国民党战犯"，关押了整整12年。1963年特赦出狱，但"战犯"这口黑锅依然压得陈士和一家喘不过气来。几十年当中，她和她的家人承受着各种精神负担，升学、考研、入党、晋级、分房、结婚、出国都得靠边站，一直夹着尾巴做人，直到改革开放后，终于松了一口气。

陈士和说："那时候我家成分不好，处处低人一等，加上收入低、日子窘迫，孩子们过早地尝到了人世的沧桑。十四五岁时，姐弟几人就纷纷离家，下乡、求学、工作。现在想来，无奈中早早把他们送出家门接受苦难教育，倒成为一生中父母送给他们最好的礼物。孩子们都有插队、插场的经历，个个吃苦耐劳、坚忍顽强。恢复高考后，从1977年到1981年，五年中5个孩子陆续考入大学，'五子登科'在我工作的农林系统传为美谈。后来，其中4个又分别在国内外完成了研究生学业。如今，5个儿女都凭自己的真才实学，为祖国、为社会努力工作着，在教育、医疗、新闻、音乐、电视等方面都成为专业人才，我引以为荣并深感欣慰。对我来说最大的幸福，就是养育了5个优秀的儿女，他们是我最大的骄傲和财富。"

陈士和1991年退休。她一生酷爱唱歌，退休第二天就开始组建山西省老年合唱团。从此她比上班还要忙，整天排练、演出，不久合唱团就在全国第一届老年合唱比赛中荣获金奖。她还参加了山西省首届老年服装模特大赛并获第一名。现在她已年近八十，仍旧爱好广泛，唱歌、跳舞、旅游……先后去过许多国家和地区。

陈士和

1964

陈士和

2009

首都天安门西影 1964.2.摄

姚耀凡　黄成勇　曾驰铭　高雪英

1964

黄成勇　高雪英

2009

我参加过上百个军事工程的测绘工作

黄成勇，1939年生于福建省武平县。后随母迁往上杭县，并在家乡的蛟洋和上杭县城读完小学、初中和高中。为了求学，上中学时每天都要徒步数十里山路才能到校。1959年高中毕业后考上了武汉测绘学院工程测量专业。1964年大学毕业分配到国家五机部勘测公司，从此开始了数十年的野外测绘工作，把青春都献给了国防工业建设。

黄成勇说："我祖父家境贫寒，父亲早年从江西到福建谋生，后来在乡下开了一间中药铺。我两岁时，父亲病逝，从此母亲艰难地拉扯我们兄妹四人。当我考上大学时，母亲非常高兴。毕业后，我被分配到北京，在五机部勘测公司工作，主要为兵器工业建厂提供测绘图纸资料。我参加过上百个军事工程的测绘工作，在野外工作三十余年，风餐露宿，足迹遍布全国各地。1990年因工作需要调到生产技术处，从事技术管理工作，但还是经常要去野外工作，直到1998年退休。每当想起野外工作的几十年，总觉得很荣幸，也很欣慰，而且充满了乐趣。"

我问他当年一起照相的其他两位同学去哪里了。他说："我们毕业后，曾驰铭、高雪英和我都分到了同一个科室，而姚耀凡被分到了天津港务局工作。1964年8月23日，我们四

人一起来到北京，第一件事就是去天安门照个相，以实现多年的夙愿。后来曾驰铭调到湖南岳阳化工厂去了。现在两个去外地的同学都联系不上了，只有我和高雪英还在联系，所以这次照相他们两个都无法参加。"

为了使生活充实而富有乐趣，黄成勇退休后一直在海淀老年大学学习篆刻、国画、书法等课程。他觉得在老年大学学习，不仅加深了对中国传统文化的了解，同时也结识了很多老年朋友，是一件很有趣的事情。

我和我父亲突然就变成了"反革命"和"小反革命"

何荣,1956年生于内蒙古自治区扎兰屯一个军人家庭。1974年初中毕业,进入当地一个铁路知青农场接受贫下中农再教育,在此期间她种地、采石、教书,忙活了整整5年。1979年招工进入扎兰屯国营浴池当了收款员,同年和一名军人结为夫妻,建立了小家庭。

何荣说:"我本来出生在一个很阳光的军人家庭,没想到'文革'期间我父亲突然被打成了'内人党',受尽折磨,我也顿时成为一个'小反革命',受到老师和同学的歧视。清理'内人党'运动好像是康生搞的,大规模地深挖、狠斗和清理'内人党',牵连和诬陷了三十多万人,使得一万多人被迫害致死,也是中国历史上一个很大的冤假错案,我父亲就是受迫害的其中之一。实际上我父亲是一个很正派的军人,他教育我们从小热爱毛主席、热爱共产党。记得在我上小学二年级的时候,我父亲来北京出差,就把我带到天安门前照了这张相。在我的心目中,一直认为天安门就是毛主席,天安门就是共产党,万万没有想到有一天,我和我父亲突然就变成了'反革命'和'小反革命',心里很难接受。从此,我对社会有了一些新的看法。"

2004年,何荣赶上了她所在的特钢厂"30～25～5"的一刀切政策,男同志30年工龄以上,女同志25年工龄以上,所有人离退休还差5年的,全部一刀切。她和丈夫不幸成为一刀切的对象,双双下岗,收入降低了很多。

何荣说:"我们被一刀切之后,年轻轻的都没活儿干了,一个月两人加起来只有1200块钱的退休金,生活很艰难,所以只好跟着女儿来北京养老。女儿毕业于中央民族大学,她是学外语的,毕业后一直在中科院工作,条件还凑合。"

至今,何荣还清晰记得45年前爸爸带她去天安门前照相的情景。她说,不仅45年前的天安门在她心目中很神圣,现在依然如此。如今每当她坐公共汽车路过天安门的时候,总是情不自禁地伸着脖子看看天安门广场和天安门城楼,从不觉得自己正在路过一个无所谓的地方。

何荣

1964

何荣

2009

杨雨田

1964

杨雨田

2009

当年那种感觉早已成为人生的记忆

杨雨田，1941年出生于湖南省华容县一个农家。他先后在家乡读完初中、高中，1959年考入二机部长沙地质专科学校，1964年毕业参加工作。

杨雨田说："我们毕业分配途经北京，正好赶上1964年五一劳动节。前一天部里给我们发了去天安门参加庆祝活动的门票，到广场后格外高兴，第一件事就是在天安门前照张相，那时才四五毛钱。那时在广场上参加庆祝活动也是秩序井然，都按指定的地点参加庆祝活动。毛主席、刘少奇、朱德、周恩来等党和国家领导人在天安门城楼上向群众招手致意，广场上群情激动。那时天安门广场的南面有一片树林和绿地，看上去比现在广场面积要小很多，长安街也没有现在宽阔，广场距天安门城楼相对也近，从广场看城楼上的人很清楚。'五一'过后，我便和同事一起奔赴黑龙江省小兴安岭地区工作。"

我问他过去从事什么工作。他说："当时我从事的是野外地质勘察工作，很艰苦。由于在偏远山区工作，每天翻山越岭，住帐篷、睡行军床。外出工作很危险，甚至总会发生一些人身伤亡的事故，主要是当时生产设备落后，地质科技水平低，野外生产许多时候靠人拉肩扛所致。到了20世纪80年代，尤其改革开放以后，中国地质科技工作得到迅速发展，遥感技术、数字技术等先进科学技术广泛应用于地矿生产，人拉肩扛的时代一去不返了，安全相对有了保障，国家对野外地质工作人员也给予津贴，生活待遇有所提高。1992年，我被调到机关工作。现在已经退休，生活无忧无虑。"

1964年到现在，一晃几十年匆匆而过。他说虽然天安门前和长安街上发生了巨大变化，但当年那种感觉早已成为人生的记忆。

让天安门见证我们的爱情

━━━━━━━━

刘修业，1939年生于山东省掖县一个普通农民家庭。父亲早年闯关东去了东北，1931年日本鬼子侵占东北后，来到北京门头沟做起了服装生意。1953年，刘修业从山东老家来到北京找父亲，先后在门头沟龙门小学和大峪中学读书，1957年考入北京第一师范学校，毕业留校到一师附小任教。

刘修业从1960年起，在北京第一师范学校附属小学任教40年，其中担任校长16年。在任期间积极进行教育改革，倡导"快乐教育"，在国内外产生了很大影响，先后多次荣获"北京市模范校长""北京市劳动模范"等称号，中央电视台"东方之子"等多家媒体和栏目报道过他和他所推行的"快乐教育"。

刘修业的老伴薛迺芝1943年生于北京。他们是北京一师的同学，毕业后同在一个学校任教。1965年他俩订婚的时候，决定去天安门前拍摄一张订婚照，希望天安门城楼见证他们忠贞的爱情。此后他们无数次来到天安门广场，即使在1967年的"文革"当中结婚，他们也不忘赶到天安门广场回忆当年的山盟海誓。

刘修业说："让天安门见证我们的爱情，是因为我上中学的时候，就被大峪中学选拔去天安门广场参加过一次国庆活动，没想到那次竟然见到了毛主席和周总理，还见到了刘少奇和很多领导人，所以我对天安门广场有一种非常特殊的感情。我们至今还经常去广场走走，有时看看花坛，有时看看升旗和降旗，每次去都很激动！"

如今，退休十余年的刘修业在崇文区关心下一代工作委员会常务副会长的岗位上，继续为教育事业发挥着余热；薛迺芝也积极参与各种活动，共同享受着晚年的人生快乐。

刘修业　薛廼芝

1965

刘修业　薛廼芝

2009

街头所有人高喊打倒刘少奇保卫毛主席

高星，1962年生于北京。由于正逢三年自然灾害，母亲营养不足，缺吃少奶，使得高星从小吃面糊长大，以至于高星当年认为自己数学不好，是吃面糊的缘故。

高星说："我从小在丰台区政府大院的对面长大。那时正赶上'文革'，白天晚上敲锣打鼓的游行、押着戴高帽子的'黑五类'游街、父亲的同事来我家抄家、母亲去小黑屋给父亲送饭、家家户户早请示晚汇报、街头所有人高喊打倒刘少奇保卫毛主席，还有贴大字报、复课闹革命、交白卷、偷听外国民歌、传阅《曼娜回忆录》的手抄本等许多情景，都给我留下了深刻的记忆。"

在他上小学三年级的时候，就跟着学校一名"下放"老师开始学画画，并在少年宫美术小组参加系统训练。1976年，跟着父亲去天安门广场参加四五运动、参与诗抄，以及在西单民主墙见到了北岛的《今天》，促使了他对诗歌的热爱，也成了他最早创作诗歌的源头。

1980年高考落榜后，高星被北京商业学校财会专业录取。1982年中专毕业的高星却凭着业余爱好被分配到丰台

首都天安门留影
1965.9

高星　刘桂英

1965

高星　刘桂英

2006

区副食品公司成为一名美工，整天为下属的各家商店画烟、画酒、画猪、画人、画饼干、画水果，一画就是7年。在此期间风雨无阻，经过两年的夜大学习并获得绘画专业的大专学历。1989年调入中国人民保险公司工作，编辑杂志、策划广告和文化活动，设计CI和公司标识，收藏人保文物，进入了一种更加专业的工作状态。

一晃三十多年过去了，高星始终没有放弃自己热爱的诗歌创作，平时他除了负责《中国保险》杂志和中国人保博物馆日常工作之外，还喜欢收藏、旅行、摄影、撰写游记，并出版有诗集《词语诗说》《诗话易经》《壶言乱语》、散文集《屈原香草与但丁玫瑰》《镜与书》、图文集《京华名人踪迹》《中国乡土手工艺》《直命向西》《人往高处走》《向着西北走》《向着东南飞》等多部专著。

在天安门广场拍照片的时候，我问高星老照片的故事。他说："当时我才三岁，后来听我妈说，那时在家根本指望不上我爸，也照不成全家福的照片，我都三岁了，还没有纪念照。我妈一生气，就自己把我带到天安门前照了这张留影，了了她的心愿。在我记忆中，我爸妈关系一直不好，我爸是机关干部，我妈是玉器厂的工人，由于脾气不和，所以老两口闹了一辈子，尽管'文革'的时候我妈为了我爸参加了同一派系，但我爸带我到天安门抄诗的本子，却让我妈上交给了组织，造成不少麻烦。直到改革开放之后，我和姐姐都长大了，他们才分道扬镳，有了自己新的生活。现在他们都老了，我妈一直过着朴素的生活，我爸退休在家，还写了好几本书。"

我问他现在对天安门的感觉。他说："小时可以站在石狮子上，现在用栏杆围住不让上了。如果说我和天安门的缘分的话，我从这里宣誓加入的少先队、从这里开始了写诗、从这里与最早的女朋友相爱、从这里第一次听见崔健的摇滚乐，20世纪90年代，我在天安门前拍摄的一幅新闻照片还在《中国青年报》发表、获奖。后来调到位于西交民巷东口的保险公司上班，站在自己办公室的窗户前就可以看到天安门城楼，每天上班下班和出出进进，都能看到天安门。天安门对我来说，早已成为一种符号。"

这些年高星还收藏了不少关于天安门的历史文物和图片，并且希望将自己的收藏结集出版。

北京的房子实在是太贵了

傅晓高，1952年生于辽宁省鞍山市一个知识分子家庭。1965年随父母来到北京，不久又随父母去了河南省洛阳市。1968年奔赴农村插队，1969年参军，1975年复员回到北京。

傅晓高说："我父亲早年毕业于四川大学，母亲毕业于华西大学。他们1950年分配到鞍山钢铁公司工作，1960年部队从地方调人，我父亲调到北京的工程兵司令部，后来又被调往河南洛阳工程兵第二学校，1965年我和母亲也跟去了。离开北京之前，我和我母亲去王府井买东西，买完东西去天安门广场照了一张相，随后就从北京站上火车去了洛阳。第二年'文革'开始，洛阳和全国一样，也是一片混乱，很快我父亲也受到冲击，并且进了干校劳动，我和母亲相依为命。1968年我初中毕业被安排到河南省汝阳县的一个村庄插队落户，两年后我在河南当地一个部队当了通讯兵。1971年父母被调往新疆建设兵团农六师，父亲在农机厂担任副厂长，母亲是子弟学校校长。1975年我父亲申请转业，因为我父亲是在北京当的兵，所以转业又回到北京电梯厂当了电气工程师。同年我也复员回到北京，分配进了电梯厂的资料室工作。但我母亲因身体不好，从新疆病退后回到北京，工作

关系至今还在新疆建设兵团，看病、报销都很不方便，收入也非常低。"

我问她父亲现在如何。傅晓高说："我们在一起生活。其实我父亲这代人很惨，干了一辈子，而且很早以前就是团级干部，退休的时候只有个中级职称，连个高级职称都没有得到。前两年我父亲一个月才1000多元，我母亲才400多元，这两年工资才涨了一点，这和他们当年所付出的代价一点都不符。"

傅晓高转业回到北京后，她所在的电梯厂属于合资企业，为了便于工作，她一直在夜大学习德语，并且获得大专学历。傅晓高2002年退休，每月有2000元的退休金。现在她和父母一起过着平平常常的生活。傅晓高最后说："女儿快要结婚了，北京的房子实在是太贵了，我只好把房子让给女儿住。"

首都天安门留影 1965.9

陈少锷　傅晓高

1965

陈少锷　傅晓高

2009

曹谷溪

1966

曹谷溪

2007

我就是个陕北老汉

曹谷溪，1941年生于陕西省清涧县郭家嘴村。1962年毕业于陕西省延川中学。参加工作后历任炊事员、通讯员、公社团委书记、县革委会政工组通讯干事、通讯组组长、《山花》主编、《延安文学》主编，出版小说、诗集多部。20世纪80年代他编辑出版的诗集《延安山花》由人民文学出版社出版之后，发行量高达27万册。现在他不仅是一名资深作家，也是延安文学界的旗帜性人物。

当我问到他早年学习写作的时候，他说："小时候根本没有想过当什么诗人和作家。年轻的时候在县医院当厨师，我的烹饪水平是最低的，但我当时的文化水平是全县厨师当中最高的，所以只好放弃菜刀，拿起笔杆子，试着写诗歌和小说。1965年，还被选派到北京，参加了全国青年业余文学创作积极分子代表大会，从此走上文学道路。我这几十年虽然写了不少东西，也认识了不少大人物，但我一直觉得我就是个陕北老汉，和农村人没有什么区别，唯一不同的就是他们种地、收割、拦牛、放羊，我写他们种地、收割、拦牛、放羊……"

当我问起他这个富有诗意的名字时，他说："我原来叫国玺，不叫谷溪，因为我觉得国玺劳什子，所以改成了谷溪。我不想升官，也不想发财，更不想背负那么沉重的名字，只希望自己能够成为山里的一股小溪，清清澈澈、干干净净地流到大海中去。"

在陕西文学界，很多人把曹谷溪这个陕北老汉当成"文学疯子"，因为他对文学的爱好简直达到了浑然不觉的地步。他只要遇见感兴趣的人，几天几夜不睡觉都没事，就像他每次跑到农村采风，钻进老土窑和男女老少一起唱信天游的时候，精神极度亢奋，总是忘记一切。

我向他请教陕北民歌的时候，他说："陕北民歌是当代的诗经，也是天底下最好的诗歌。这些诗歌来自于百姓，来自于生活，他们悲也唱，喜也唱，生娃唱，死了人也唱，累了唱，歇下也唱，语言简单、上口、地道、有滋味，许多大作家、大教授、大诗人苦思冥想一辈子也写不出来，只有到现实生活中去，才能找到这种精髓。"

曹谷溪这些年跑遍了中国的名山大川，也曾去过地球的那一边，但他最热爱的还是生他养他的黄土高原，因为那里不仅是属于他的土壤，而且能够任他自由地翱翔。

让毛主席和全国来的人都看看

吕桂凤，1947年生于河北省唐山市一个铁路工人家庭。她的父亲曾经参加过南京长江大桥、武汉长江大桥等多项全国重点工程的建设。她从小跟随父母转战南北，先后在十几个城市读书，最终于1967年考入承德师专，毕业后一直在承德地区教书。

吕桂凤说："1966年我在承德一中我姥姥家念高中，当时父母在南昌工作，我妈给我寄了一张免票，还寄来5块钱，让我去南昌。一路上我不舍得吃，到北京后第一件事就是跑到天安门照相。当时我的包里正好装着一本《毛主席语录》，还装着红卫兵袖章，那次照相很激动。其实在这之前我好几次到过天安门广场，都是因为没有钱没照过相。"

吕桂凤认为她的家庭是一个很革命的家庭，她的父母五六十年代参加过多项全国重点铁路工程建设，父亲最终因公受伤而去世；她的大伯是解放战争中牺牲的烈士；叔叔是抗美援朝牺牲的烈士；她的弟弟是一名研究导弹的高级工程师；二妹是电力工程师；三妹是一名优秀的党员干部；她的丈夫早在1956年大学毕业就去抗美援越打了三年仗，除了腰部受伤，至今炮声震聋的一个耳朵还没有恢复正常。好在每次出行，凭着残废证坐火车、坐飞机都是半票，对他来说或多或少也算一种安慰。

吕桂凤2002年从承德退休后，随儿子来到北京，并在通州购买了住房。平时非常热衷于社区的各项活动，尤其热爱扭秧歌，8年了，几乎每天都去，有时还去参加一些婚礼和店庆活动，不仅锻炼了身体，还愉悦了心情。她认为老两口身体好，两个孩子也都有车有房，并且继承了父亲的医疗事业，现在没有任何要操心的事情，只有出去扭秧歌消遣时光。

我问她现在去天安门多不多，去了是否还会激动。她说："去得不太多，但自从退休来京之后，每年国庆节都要去，并且要叫上我那当过12年军医，转业后一直为部队输送新鲜血液20年的老伴，带上儿孙们一起去，在广场教育孩子努力工作、跟党走、多做好事。现在去虽然没有1966年那么激动了，但心情还是不平静。不过我最大的愿望是有一天能够穿上彩装，去天安门广场扭一次秧歌，让活在我心中的毛主席和全国来的人都看看。因为我非常喜欢毛主席，也非常热爱共产党，'文革'的时候人家都去北京串联去看毛主席，凡是见过毛主席的人都可幸福啦！可惜我家太穷我没去成，让我感到这辈子没见过毛主席，实在是太可惜了。不过好在我弟弟幸福地见到过毛主席，对我也是一种安慰。"

北京 天安门留影 1966.9

吕桂凤

1966

吕桂凤

2009

三个妹妹和一个弟弟逃亡去了新疆

王国华，1940年生于四川省遂宁市一个工商业者家庭。从小家庭富裕，生活条件优越，小学、初中、高中，兄弟姐妹8个都是拣最好的上。1957年她考入成都工学院化工系。公私合营的政策导致她家的生活水平急转直下。"文革"期间兄弟姐妹几个都悄悄逃离四川，分别流亡到新疆打工、嫁人，各有不同的遭遇。

王国华说："本来我家在当地是一个大家族，依靠制盐和土地致富，积累了很多资产。解放前家中就有出国留学的，有当船长的，还有当地下党的。公私合营的时候，家产被全部划走。1962年父亲去世，母亲下放，一家人的户口被强行迁到农村。'四清'的时候，母亲稀里糊涂又被当成地主，全家经历了艰难的岁月。当时除了我和弟弟在上大学，其他弟妹为了保命，纷纷逃离四川，三个妹妹和一个弟弟逃亡去了新疆，还有一个妹妹留在当地农村，最小的妹妹寄养给了别人。三个去新疆的妹妹都嫁给了农场的农民，弟弟也跟着她们整天在农场劳动，经历过非常困难的生活。我们从小就接受父母的教育，要好好学习，将来一定要上大学，加上我们家的经济条件优越，如果国家没有

北京天安门留影 1966.12

王国华

1966

王国华

2007

这么动荡，我们一家肯定不会落难到这种地步，弟弟妹妹们也肯定都能上大学。好在他们经历了各种磨难之后，又赶上改革开放的政策，经过奋斗，有的成了教师，有的成了农场主，孩子也都上了大学，现在都过得还不错。"

我问她在大学期间是否受气。她说："有点儿，但不是很厉害。土地革命的时候，因为我们这个大家族拥有土地，也经营盐业，我父亲当年放弃出国机会，留下来照顾家族盐业，所以土改时将我父母的成分定为工商业者，而大家庭其他成员的成分定为地主兼工商业。上大学时填写家庭成分我不知道该怎样写，问父亲，他说就填'地主兼工商业'吧。在那个非常的年代，家庭成分贴上'地主'二字是很不幸的，这两个字给我和我的弟妹们也带来不少麻烦。我在上大学的时候算是个好学生，也是团干部，毕业后留校当了老师。但在四清运动和后来的'文革'中，我时不时地被划为'另类'。例如'文革'的时候，就曾有人写大字报责问学校为什么重用我这样的地主子女。好在我一贯积极肯干，大家也公认我的成绩，所以大字报也没有给我造成太大的危害。'文革'之后基本就平静了，我一直在大学当老师，而且干得还不错。"

说到"文革"来北京串联，在天安门照相的事，她说："1966年，我已经是大学老师。当时政府鼓励学生搞大串联，学校停课，学生们都跑光了，去哪儿的都有，有的去井冈山、遵义、延安，还有的去北京、上海、广州。老师没事干，也相约串联。我是12月份和几个老师一起来的北京，通过红卫兵接待站的安排，我们住进了七机部的一座大楼，房子里是木地板，能洗澡，吃住免费，还给每人发了一块新毛毯。那时的北京，到处都显得轰轰烈烈。但我们既没有造反，也没有揪斗，只去了北大、清华和一些学校去看大字报，然后就是整天出去玩，故宫、长城、十三陵、颐和园、香山、景山、天坛、北海都去了，还参加了毛主席在天安门的最后一次接见。当时广场上人很多，我们离得很远，什么都看不清。为了作纪念，我在天安门广场拍了照，现在来看，这也记录了那疯狂而迷惘的年代和当时的我。"

我问她过去和现在对天安门的感觉有什么不同。她说："1966年'文革'是我第二次去天安门广场，那时心情很激动，充满理想，有时做梦都是天安门。现在梦里也会有北京，但不是天安门，而是生活在北京的女儿一家，还有小外孙女儿。有时，我还能梦见公私合营划走我家那个漂亮的大院子，因为我在那里度过了美好的童年。"

害怕别人说我是冒牌红卫兵

薛保平，1951年生于河南省焦作市乔庙镇。在他小时候，每次跟大人去地里干农活，看着黄河对岸的邙山岭和几十里外连绵起伏的太行山，总想知道山的那边有什么。当他第一次上到山顶的时候，看着远处黄河桥上吐着白色雾气在缓慢爬行的火车，真想知道它从哪里来，要到哪里去。后来他知道，那条铁路线叫京广线。

薛保平上初中的时候，正好赶上"文革"大串联。他听高年级的学生讲了去北京串联的经历后，自己也找了一块红布缝了一个袖标，然后用黄广告色写了"红卫兵"三个字。又悄悄从家里拿上自己积攒的6块钱，和班里的5名同学跑到火车站挤上一列过路的列车，站了一天一夜，终于来到向往已久的北京。还没等住稳，他便一路打听，从天坛公园一直跑到了天安门广场。

薛保平说："当时来到天安门广场，心情非常激动，看到天安门广场拥挤着那么多来自全国各地的红卫兵，个个右手握着语录本放在胸前，左臂戴着红袖标，摆出各种革命的姿势等着拍照。本来我也想照一张戴袖标的相片，但我当时还没有正式加入红卫兵，再加上我兜里装的红袖标又是自己私下做的，很不正规，害怕别人说我是冒牌红卫兵。经过一番思想斗争，我最后决定还是不冒那个险了，所以红袖标也没敢戴，

语录本也没拿，老老实实站着照了一张相。包括在毛主席第八次接见红卫兵那天，我都没敢戴自己做的袖标，回去很长一段时间我心里都很难受。"

我问薛保平当年来串联一共几个人，谁组织的队伍。他说："我们班一共来了5个人，都是自发的，我给我们5个人起了个名字叫赤日升战斗队。当时根本不懂事，还有人尿床，有时裤子搭在单杠上晒，同学们戏称：'谁又画地图啦？'"

薛保平1969年高中毕业当了民办教师。1973年被推荐上了新乡师范学校，入校不久便在学校组织的文艺节目《天安门前留个影》当中，挎着老师的照相机扮演了一位摄影师，从此他真的喜欢上了摄影。上学期间认识了身为北京知青的女同学小任，后来小任成了他的妻子。师范毕业后，一边教书、一边进修大学课程。1996年担任了阳城乡的副乡长，因减轻农民负担等政绩，被推选为武陟县人大代表、焦作市政协委员。

1997年，薛保平的妻子按照知青政策回到阔别30年的北京，他随后也定居于首都。来北京十多年了，爱好摄影的薛保平几乎走遍北京的名胜古迹，但他最爱去的地方还是天安门广场。他说每当站在天安门广场的时候，总有一种心潮澎湃的感觉，而且每次都想给自己留个影。

北京天安门留影 1966

薛保平

1966

薛保平

2009

北京 天安门留影
1966.

王同生

1966

王同生

2009

还没等你摆造型，他就按快门

王同生，1950年生于河南清丰。早年毕业于北京航空学院，现在中航工业某研究所工作，高级工程师。多年来一直从事航空工艺科学技术研究。作为第一发明人曾获国家发明奖，作为项目负责人曾获国家科研成果奖和部级科研成果奖多项。先后发表多篇学术论文。

1966年文化大革命开始后，作为一名中学生，他和同学步行从河南串联来到北京，住西四地质大楼，感受了免费的食宿接待，参加了毛主席第八次接见红卫兵。在京期间，他还到北大、清华等各大院校参观和抄看大字报。为买一本《毛主席语录》，他从东单开始排队，用了5个多小时才排到王府井新华书店。在天安门前照相时，为了表示向解放军同志学习，他还特意向管理红卫兵的解放军借来军装和武装带，再次排起长队，留下了这一瞬间。王同生说："当时天安门的摄影师为提高效率，在地上画一圆圈，人刚进圆圈，还没等你摆造型，就按快门，好像只要能在天安门前留个影就很幸运了。几十年过去了，每当看见这张照片，我马上就会想起当年串联的情景，尤其是在北京赶上那种狂热的革命景象，给我留下了很深的印象。"

王同生除了自己的本职工作，还酷爱心理学。他说："心理学是一门揭示人们心理活动的科学，是一门让人变得更聪明的学问。但凡成大事者或者是伟人，无一不懂心理学。人们在生活和工作中要想做到游刃有余，首先要处理好人际关系，人际关系都与心理学有着千丝万缕的联系。近些年，我对心理学产生了极大的兴趣，在学习的过程中，还翻阅了《圣经》《易经》《道德经》《中庸》等等，同时阅读了大量的伟人传记。"

王同生还经常参加心理学的学术交流活动，为一些朋友做心理咨询指导。目前他正在准备出版一本最新撰写的《人生必读》，还准备成立"心理健康俱乐部"，进行一些心理咨询和交流活动，以便提高人们的心理健康。

只是内心感觉看到了毛主席

戴曼华，1948年生于杭州一个铁路干部家庭，祖籍山东，长在江西。她的父亲早年就读于上海黄埔军校，历任战士、班长、排长。抗战胜利后离开部队，考入浙赣铁路局工作并集体加入国民党。1958年反右补课之际，她的父亲因历史问题，突然受到南昌铁路局降级降薪的处罚，发配到农场放牛，顿时全家人的心灵被蒙上一层阴影。

戴曼华说："南京和上海的国民党多，可能不算什么，当年在南昌找到一个国民党，那可是一件不得了的事情。我父亲的工资立刻从87块钱降到37块，一家七口人的生活陷入困境。有时半夜还来抄家，我本来学习很好，把我的学习委员也给撤了，最小的弟弟养不起也送人了，年龄大的都去农村插队。几年后经济条件所限，我只好放弃考大学的梦想，报考了免学费的南昌师范学校。最让人难以接受的是，1978年给右派摘帽子落实政策的时候，别人都平反了，却说我父亲当年没有被打成右派，也没戴过右派帽子，所以不能平反。一直到落实政策的最后期限，才答应给我父亲平反，但首先声明不补发工资、不分房子、不安排子女，只给退休的名分。后来我们又找了很多次，才让我父亲和一个年轻人混住在一起。

"'文革'期间，我们一家人的日子更加艰难，红卫兵下到农场搞批斗，幸亏我父亲逃跑了，不然肯定性命难保。记得那次我父亲逃回南昌连家都不敢回，只托可靠人通知我哥哥去公园和他见一面就跑了。我们是外地人，南昌也没亲戚，也不知道父亲跑哪去了，那时就和地下党被追杀一样。那年月对于我们这些出身不好的子女来说，只能夹着尾巴做人，处处不敢大声说话。"

我问戴曼华参加"文革"活动没有。她说："'文革'刚开始，我们师范学校就通知红卫兵报名去北京、上海和一些大城市串联，我报名想去兰州，因为我哥哥在兰州当兵，没过两天突然通知只许红五类报名，这个通知对我打击很大。后来串联乱套了，大家都可以跑了，我们十来个同学也组织起来准备去北京见毛主席。当时我才18岁，穿着全套的军装从南昌挤上火车，走了三天三夜才到北京。为了见毛主席，我们在北京住了一个月，除了解放军集合我们操练，其余时间就是跑出去玩，到哪都不用买票。毛主席接见那天，天没亮我们就到了广场，当时人山人海，给我们安排的地方离城楼很远，毛主席出来的那一刻，所有人都在欢呼，喊万岁，流眼泪，确实很激动。但实际上我们离得很远，根本没看见毛主席，只是内心感觉自己看到了。"

散场后，戴曼华和她的同伴们依然很激动，她们抹去泪水跑到城楼底下，每人花三毛八分钱留下了难忘的一瞬。她们几个穿的军装，只有戴曼华的才是哥哥从部队寄给她的真军装，所以更显意气风发。

从北京回到南昌，戴曼华和同伴们更有激情了，她们背着行李徒步数十天，先后又到毛主席战斗过的井冈山和瑞金串联，直到中央明文规定禁止串联的时候，她们还偷偷跑到上海、杭州、武汉等地看大字报、游山玩水，感受串联的最后氛围。

教书育人几十年，早就让戴曼华白了头。她没上过正规大学，20世纪80年代初，只上过两年业余大学，所以没有大学文凭，即使教书教得再好也不能评高级职称，2003年退休之际，她只有中教一级的职称。好在她性情乐观，心态平和，每天都要打拳、上网、弹钢琴，愉快地安度晚年。

首都天安门留念1966

戴曼华

1966

戴曼华

2009

我特别特别讨厌称毛主席是毛老头儿

刘凤菊，1947年生于天津一个普通工人家庭。1965年从天津财贸技校应征入伍成为北京军区总医院的一名卫生员。让刘凤菊最为自豪的是，她的父母一生总共生了12个孩子，其中有6个参加了中国人民解放军。

刘凤菊说："到北京的第二年就赶上文化大革命，入团和入党都停止了，想进步也没有机会，整天按照军委下达的'四大'折腾，'大字报''大辩论''大批判''大游行'，而且还可以组织战斗队，还可以夺权。所有的人都被划分为两派，因为当时已经清清楚楚告诉你'骑墙的道路是没有的'，也就是说必须参加派性斗争。当时我岁数很小，属于保守派，领导说打倒谁就打倒谁，最多也就跟着喊喊口号。后来想想，其实还是被愚弄了。比如我们科当时有个主任想往上爬，他和后勤部政委抓住副院长曾经在工作中说过的一句'死马当活马医'上纲上线。其实这是句老话，可是他们非要把这句话和政治联系起来，最后把副院长整自杀了，科主任当上了副院长。科主任是抗美援朝回来的，资格根本没有副院长老，副院长是解放战争走过来的，资格更

刘凤菊
1966

刘凤菊

2007

老，最终还是服毒自杀了。我们医院一共自杀了两个人。"

1968年起，一批又一批"后门兵"和部队的高干子女进入部队，解放军总医院也不例外。此刻刘凤菊深感好事早已轮不上自己，前途也极其渺茫。1969年刘凤菊主动提出复员，回到天津，被分配到铁路医院工作，同年底和一战友结婚。1976年托关系调入北京铁路防疫站工作，结束了长达7年的两地分居生活。

刘凤菊说她这辈子只想平平淡淡，不想冒尖。她1989年从石景山医院退休，生活中力争低调，从不参加集体活动，就连社区的秧歌队也被她拒绝。在她58岁那年，学会了开车，是一位非常富有挑战精神的老人。

在刘凤菊心目中，最神圣的地方是天安门，最伟大的领袖是毛主席。她认为在天安门不仅可以看到毛主席，还可以回想起1966年毛主席在天安门第三次接见红卫兵的感人情景。当时她作为部队标兵，成为金水桥上的一名卫士，那是她一生最难忘的时刻。

刘凤菊说："我非常反感对毛主席的'三七开'，就是因为'三七开'的说法，有些北京人开始称毛主席是毛老头儿，我特别特别讨厌称毛主席是毛老头儿，一听就烦。毛主席生为人民生，死为人民死，没有毛主席，就没有新中国；天大地大，没有毛主席的恩情大，是他挽救了中国，是他保佑了我

们这些穷孩子，凭什么给毛主席'三七开'？！毛主席逝世的时候，我觉得就像天塌下来了，睁眼闭眼都是眼泪。几十年过去了，我经常想起毛主席，每当想起对毛主席的'三七开'，心里就来气！"

排长把我抱起来看了一下毛主席

王燕明，1954年生于河北省保定市一个干部家庭。1972年毕业于保定第二师范附中高中部，同年成为乐凯胶片厂的一名工人，先后参加过黑白胶片、彩色负片、反转片、电影胶片、军工片等多种胶片的生产，历经了乐凯厂30年的变迁。

王燕明说："我们乐凯厂最早是苏联援建的项目，机器都是进口苏联的，规模很大，当年有五六千人，属于亚洲最大的感光胶片生产基地。过去经济效益非常好，后来随着科技发展，也受到了市场经济的冲击，效益越来越差，不少人开始自谋职业。2001年我只好利用业余时间学习建筑工程监理，2002年获得了工程监理的资格证书，开始在北京一家建筑工程监理公司打工。一晃好几年过去了，马上该退休了，这岁数也不求什么发展了，只要能够正常生活就可以了。"

我问他在北京这些年都参加过哪些工程的监理，工作怎么样。他说："西南三环角上的丰益花园、望京的大西洋新城、通州的尚东庭，还有很多我都参加过监理。我们公司属于建设部，对施工要求非常严格，领导也都很好。我在这家公司已经好几年了，一年四季基本都住在工地上，虽然挣钱不多，也很辛苦，但心情很愉快。"

我问他当年来北京串联的事情。他说："当时我上小学五年级，本来我们岁数小，还没有资格跑出来串联。后来看见高年级的都出去跑，我和我们班的另外5个男同学商量，一起到北京串联，去看毛主席。我和父母要了5块钱，我们6个

同学从保定上火车来到了北京。到北京后，接站的很多，我们爬上一辆部队的大卡车，把我们拉到了南苑机场，在南苑机场住了半个多月。军车还把我们拉到北大和很多大学去看大字报，其实我们当时字都认不全，也不懂得分析问题，对社会上发生的事情一点都不明白，只是跟着高年级的学生瞎跑，去过的地方只对动物园最感兴趣，毕竟当时还是一群孩子。"

我问他在北京还参加过什么活动。他说："一点都不记得，军车拉去参加批斗会也不知道批的是谁，那时除了知道毛主席伟大，对其他领导人的名字根本不知道，只记得军车把我们从南苑机场拉到西苑机场接受过一次毛主席的接见。听说那次接见不在毛主席八次接见红卫兵之内，好像是小范围内的。记得当时我个子太矮，毛主席出来之后，机场两边的人又是喊'万岁'，又是跺脚，冬天土大，一跺脚灰尘也特别大，我在后面看不见，心里很着急，还是排长把我抱起来看了一下毛主席。毛主席的车很快，也没看清毛主席是个什么样子，车就没影了。"

我问他在天安门广场照相的事情。他说："当时南苑机场接待站给我们每个人发了一个串联证，拿着串联证吃饭、坐车都不要钱，只是到天安门广场照相的时候，人家不认串联证，不管谁照都要收钱，照一张好像三四毛钱，好几个同学都不照。我觉得第一次来北京，再说带了5块钱还没花，所以就照了一张相，一直保存到现在。"

北京天安门留影 1966

王燕明

1966

王燕明

2007

朱宪民

1966

朱宪民

2006

我给《英雄儿女》拍剧照

━━━━━━━━

朱宪民1943年1月3日生于山东省濮城镇南街村。1949年起在村里上小学，他曾亲眼目睹村里几个地主被绑在树上，让村民用棍棒打死的情景和分田地的过程。在读小学的时候，朱宪民不仅喜欢上了绘画，也喜欢上了文艺，至今他还清晰记得当年参加"除四害"文艺表演。

1955年，朱宪民考入县中学，不久赶上反右运动，学校停课了，老师互相之间一个整一个，顿时大字报覆盖了校园的每一面墙壁。朱宪民却藏在家中苦读了《钢铁是怎样炼成的》等一系列世界名著。1959年初中毕业赶上饥荒年代，他独自一人背起行李北上关东谋生。

朱宪民说："闯关东那年我才16岁。刚去抚顺的时候，街道办事处安排我当木工，我想起村里木工整天打棺材的情景时被我拒绝了，后来又安排我去搓背、理发、修表，都被我拒绝了。不久他们说再最后安排我一次，要是还不去，那就不管了，那就给我安排的是去一家照相馆学照相。也许是对绘画的兴趣，所以我很愉快就接受了那份工作。两年后出徒，每月18块的工资。1963年我报考了吉林省戏曲艺术专科学校舞台美术专业，成了全班20多个学生当中唯一学习舞台摄影的学生。1964年我去长影实习，正好赶上《英雄儿女》那部电影的拍摄，让我给《英雄儿女》拍剧照，使我对摄影的兴趣更加浓厚。1968年毕业后，我去吉林画报社当了记者，一干就是10年，无论是大串联、大批判、大游行，还是打砸抢、学毛选、批林批孔，该拍的我都拍了，而且每年都有不少作品入选全国性的摄影展览。由于自己根红苗正，一心想入党，写了一百多份申请都没被批准，所以内心感到很委屈。1979年调入中国摄影家协会展览部工作，1982年成为中国摄影杂志的编辑，1988年我担任了中国艺术研究院摄影艺术研究所所长，创办了中国摄影家杂志，一直干到退休。"

现在，朱宪民不仅是中国艺术摄影学会执行主席和中国摄影家协会副主席，还是美国摄影家协会的高级顾问。出版有《中国黄河人》《中原黄河人》《黄河等你来》《黄河百姓》等20余部摄影集，有的摄影集还获得了国家图书奖。早在10年前他便开始享受国务院特殊津贴。回顾他在几十年当中拍摄的数万张纪实照片，不仅展现了一个民族的时代特征，也充分体现了他的思想立场，同时也推动了中国纪实摄影的发展历程。

他俩个子高，抱着毛主席像站后面

郑盘齐，1949年生于河北省乐亭县。6岁时跟着母亲去天津机车车辆厂追随父亲，1968年从天津三号路中学毕业参军，成为南海舰队的一名海军战士，站岗、放哨、学习，整整4年。

郑盘齐说："我们部队当时是中国最先进的一支海军部队，非常现代化。1970年2月10日，海军在海南岛上空击落那架美国军用无人驾驶的高空侦察机就是我们团干的，很多报纸杂志都报道过，当时我就在陵水机场从事通信设备的维修和检测。我在陵水和乐东两个战斗机场先后当了4年兵，一直是搞通信的。1973年复员回到天津。"

我问他怎么去的北京，在北京都干什么了。他说："当年我们是四五十人徒步来北京串联的，离北京还有五十多里路的时候，大家实在走不动了，路边停一辆大卡车，司机坐路边歇着喝水。我们问他去哪，他说去北京拉货，说了说就让我们上了车。当时有的同学还不愿意坐车，觉得坐车去对毛主席不忠，等我们都上车之后，不愿意坐的也爬上了车。在北京，我们参加了工人体育场举行的邓拓、吴晗、廖沫沙批斗大会。其实当时我们根本不知道邓拓、吴晗、廖沫沙是干什么的，完全是跟着起哄，批完之后我才听一伙儿的人说，他们主要

是不听毛主席的话。后来明白事了，才知道这些人对国家的贡献，那时候真是瞎胡闹。在北京玩了十几天也没赶上毛主席出来，个个都很沮丧，所以就回天津了。"

郑盘齐当年在天安门的照片，显得更加革命，因为他们举着一张偌大的毛主席像。我问他哪来那么大一张毛主席像，一起照相的是谁。他说："那张照片是我第二次串联照的。第一次串联回天津没几天，听说毛主席还要接见红卫兵，所以我和另外一个同学坐火车又第二次跑到北京。结果瞎跑还真赶上了，来北京的第二天就赶上了接见，看到了毛主席在城楼上招手。当时很激动，认为自己看到了大救星，很长时间都觉得自己很荣幸，因为我们学校很少有人见过毛主席。照片上蹲我旁边的是跟我一起来看毛主席的赵福田，后面两个不是南京的就是济南的，忘记了。当时来串联我们都住在一个大通铺，又是一起受到毛主席的接见，所以很激动，接见完之后我们就去照相。我们两个天津的个子矮在前面，他俩个子高，抱着毛主席像站后面。毛主席像是照相的地摊儿给提供的，那时谁都可以抱着照，也不要钱。"

我问他"文革"期间在学校担任什么职务，抄过家、打过人没有。他说："当时我们学校算是一个团，我是连长，管一百多

人。我们连不负责抄家，只抄过鸟市。那时红桥区有个鸟市，很多人在那里卖鸽子，我们把所有卖鸽子的都当成斗私批修的对象，抄了他们的鸽子，然后又批斗和教育他们，但没打人，现在想起过去干的那些傻事都觉得很荒唐。另外在清理阶级队伍的时候，我们去街道和工厂清理出不少所谓的坏人，地、富、反、坏、右都有。那时我是做登记的，也没有打过人。"

20世纪80年代我和郑盘齐是天津工艺美院摄影艺术专业的同班同学，那时他是全班年龄最大的兄长，所以我们说话比较随便。我说他是连长，不可能没有打过人。他说："我上学的时候很规矩，老师对我都非常好，所以我们不可能打骂自己的老师。我当兵就是老师和学校推荐的，那时探亲和复员回来还经常去看老师。包括我媳妇也是我的中学老师给介绍的，要是打他们，还能给我介绍对象吗，我真的没打过人。"说完我们都笑了。

首都留影 1966.

佚名　佚名　郑盘齐　赵福田

1966

郑盘齐

2007

首都留影 1966·

张保才　张京来

1966

张保才　张京来

2009

天安门广场就和自己家院子差不多

张京来，1955年生于北京一个工人家庭。1971年从北京八十六中毕业后到北京第一轧钢厂技校学习，后来成为北京第二轧钢厂的一名普通工人。他几十年如一日，一直在平凡的岗位上努力地工作。

张京来说："北京二轧钢合并首钢后，我一直在首钢带钢厂工作，那些年单位效益不错。前几年首钢搬迁走了，我们厂子两千多人，退休的退休，走的走，全厂就剩下几百人了。我也办了内退，觉得自己身体还行，在家闲不住，就开始找个活干。"

说到天安门的故事，张京来说："我从小到大在前门楼子底下住了20多年，出胡同口就是天安门广场。上中学在人民大会堂西侧的八十六中，学校操场小，体育课就在天安门广场上。夏天天气热，晚上经常去广场乘凉，玩累了躺下就睡，睡半宿才回家，天安门广场就和自己家院子差不多。不过现在变了，我家离开前门也25年了，八十六中也拆了，就地建起了国家大剧院。现在人也多了，车也多了，天安门是越来越漂亮、越来越热闹了。

"我现在也经常去天安门广场，有什么重大活动都要去照张相，比如奥运会、残奥会、国庆50周年、国庆60周年、前门开街等等，都要在天安门前留个影，象征着过去的一段历史吧。孩子小的时候，我也经常带他去玩，我岳母家住在鼓楼，每次坐车去都要路过天安门广场。不过现在天安门广场就是人太多了，尤其是一些重大节日，根本进不去。"

我问张京来一起合影的是谁。他说："是我堂哥张保才，1966年红卫兵串联的时候，他从山西太原来到北京，我和他照了这张合影。"

这张珍贵的照片给了我们生活的希望

戴安平，1958年生于辽宁省鞍山钢铁公司。6岁随父母工作调动来到北京，9岁又随父母支援三线建设去了四川，15岁时他和妹妹两人回到北京某研究所子弟学校就读，相互依靠度过了那个难忘的年代。

戴安平说："那时候我父母奉命调往四川某国防基地从事科学研究工作，临行前我们全家来到天安门广场拍摄了两张照片，一张是我们一家四口的全家照，另一张是我和妹妹的合影，随后便举家奔赴四川一个边远山区。那里的条件很艰苦，我在当地一所农村小学借读，当时听不懂老师的方言，让我在学习上感到很困惑。课余时间学校还要组织参加劳动，到江边砸石头、上山种白薯、学解放军背着背包带着米长途拉练。但令我骄傲的是天安门前的合影让当地的小朋友们羡慕不已，'你在北京见过毛主席吗？''天安门广场有多大？'当时的情景让我至今难以忘怀。直到上中学那年我和妹妹才告别父母回到北京，单位留守处给我们兄妹解决了住处，并安排在子弟学校上课，我和妹妹便开始了远离父母独立生活的艰难岁月。白天我和妹妹一起去学校，我上初一，妹妹上小学。放学回家后，我要买菜、做饭、洗衣服，看看煤球还能烧几天，还要想想父母留的生活费如何节省着用，小小年纪便承担起了全部家务。我们时刻想念远在大西南工作的父母，收到父母来信或托人带的东西时是我们兄妹最高兴的日子。而最令我们难过的是'文革'期间父亲被打成了黑技术权威，家里很多东西都被造反派抄走了，他和苏联专家在一起工作的照片以及当年他就读北洋大学时的优秀成绩册，都成为他的黑材料。那一年造反派还特意从四川把父亲押回北京批斗，过后又送回四川劳动，很长时间再没让他来过北京。每当我和妹妹想念父母的时候，就会把全家在天安门前的合影拿出来，看了一遍又一遍。我们不知道父母的命运将会如何，只盼着原本幸福的一家人能早日团圆。直到唐山大地震那年，我父亲去上海出差，才顺便来北京看望我们。当时我们大院的楼房也出现裂缝，烟囱也倒了，我妹妹哭着喊着非要跟着父亲回四川，他们走后北京就剩下我自己了。1976年我高中毕业开始干临时工，在公社基建队盖房子，在工厂当管工，烧锅炉，当装卸工，装木头、装水泥、卸沙子、卸白灰，一切都要靠自己。1978年底，一批东北和内蒙古返城的老知青需要安置，我有幸和那批老三届一起被分配到房山北京煤矿机械厂当了车工。1979年我父母才回到北京正式调入中国科学院。我父亲多年来先后参与了很多国家重点项目的开发、研究和验收工作。那时的他们已人过中年，他们把人生最美好的时光无私地奉献给了祖国的国防事业，父辈们的敬业精神、责任感和谦逊态度让我和妹妹懂得了如何去面对工作和事业，这也是我们在人生成长道路中至今都不可缺少的财富和动力。"

戴安平在工厂工作8年之后，调入原国家煤炭工业部机械制造局。他文笔好、喜爱摄影和音乐，多年坚持学习、上函授，至今已经在国内各种报刊杂志发表诗歌、散文、摄影和通讯二百余篇。凭着他的勤奋和努力，几年前他调入新的工作岗位，成为中国煤炭海外开发有限公司的对外联络主管。工作三十多年来曾多次被评为优秀共青团员、优秀共产党员及先进工作者，而且还担任了多家媒体的特约通讯员。妹妹戴燕平也凭借自己的努力考上了北京对外经济贸易大学，后来又读了本校的MBA，一直从事对外贸易工作。

戴安平说："回想起来，我和妹妹之所以能坚持走过那段最艰难的青春时光，很大程度上缘于天安门前这张珍贵的照片，是它给了我们生活的希望和奋斗的力量。"

北京 天安门留影
1968.10.

戴燕平　戴安平

1968

戴燕平　戴安平

2006

北京天安门留影 *1967.7*

汤琳　马珂　马立公

1967

汤琳　马珂　马立公

2009

我家是暗中协同抗日除奸的"堡垒户"

————————

马立公，原名马骏英，1929年生于河北省新城县张六庄乡胡其营村一个农民家庭。在家族"忠厚传家，诗书继世"的传统思想影响下，过着半耕半读的清贫生活，培养了勤奋朴实的作风。他经历了抗日战争的洗礼，曾任儿童团联络员，亲眼目睹了日本鬼子进行"五一大扫荡"的暴行，挨过日伪军的耳光。

马立公说："我家是暗中协同抗日除奸的'堡垒户'，曾因狗汉奸告密，家被抄、父亲被抓去惨遭毒打。幸亏武工队枪毙了狗汉奸，为父亲报了仇，从而激发了我的爱国热情和爱党思想。"

马立公兄弟六人，他排行老六。在兄长帮助下，他成为本村外出求学的第一人，先后在固安、涿州、北京等地读书。通过刻苦学习，1950年他被北京八中保送进入北京高工炼钢科读书，成绩优秀，毕业后留校任教。马立公从小除了热爱学习，还养成了写日记的习惯，至今已坚持60余年，并且留下厚厚的43本日记，真可谓一个普通人对这个辉煌时代的记载。

马立公看着全家人在天安门的合影说："我家有着说不尽的缘分。我老伴汤琳是我的同学，她是一名出色的炼钢工程师。

我们1952年一同入党，一同留到北京钢铁学校工作，后来我们在首钢同呼吸、共命运，共同为中国钢铁事业的发展贡献了一生的力量。我女儿马珂也把自己的青春献给了首钢的生产建设。"

伴随共和国几十年风雨，马立公已经无愧于这个时代。他一生教书育人并长年从事党务工作，他的业绩多次荣登北京市各种"光荣榜"，曾荣获北京市党务工作30年荣誉称号。

马立公最后说："忙碌38年，平淡一生，不图名利，所得清闲，诸事如意，女儿孝顺，家庭和睦，幸福晚年，健康长寿，真是'儿孙绕膝伴老翁，阖家欢乐喜盈盈'。"

去食堂打饭都要背诵一段毛主席语录

邓香君，1949年10月生于北京一个工人家庭。由于家庭生活困难，1963年她没报考高中，而是从北京女二中报考了中专，毕业后分配到邮电部邮电科学研究院工作。

邓香君说："我从小生长在北京，小学是在鼓楼后城墙里边的中绦小学上的，中学是在女二中上的。女二中曾改名叫反修中学，再后来改为东直门中学。小学三年级时，我是班里第一批加入少先队的好学生，国庆10周年时，我还在人民大会堂参加了'祖国十岁我十岁'的庆祝活动。那几年每年国庆，学校都要组织我们去天安门广场观礼，最后少先队员涌向天安门城楼，尤其是毛主席向我们挥手致意的那一刻，让我终生难忘。在上中学那几年，每年国庆我都会跟随学校的游行队伍前往天安门。记得初二那年，我在广场还参加了'葵花舞'的演出，可高兴啦！上中专的时候我也参加过广场的一些活动，打腰鼓、跳长征舞和丰收舞，那时我特别喜欢文艺。印象最深的是工作之后，有年国庆，我被安排在彩车最高处，面向天安门做一个造型，清楚地看到了毛主席、周总理，觉得自己可幸福啦！"

我问邓香君当时为什么去天安门广场合影。她说："我和刘慧玲、温瑞萍都是女二中的同班同学，她俩一个是华侨家庭，一个是军人家庭，当时我们约好分别之前戴上红袖章和语录本去天安门广场合影。那时和同学、战友、家人分别或聚会，好像都要去天安门广场照张相，谁都没想过去另一个风景优美的地方拍照留念。在我记忆中，我们在广场照相的时候，刚刚开始流行戴红袖章、毛主席像章、拿语录本，不久就全民皆兵了。后来，打电话、买东西、去食堂打饭都要背诵一段毛主席语录，大家都很自觉。"

我问刘慧玲和温瑞萍到哪去了。邓香君说："照完相之后就失去了联系，再也没有见过她们，至今都没有她俩的消息。希望这次把我的照片登在报纸上能够找到她们，几十年没见了，很想见到她们。"

我问她现在对天安门是一种什么感觉。她说："我对天安门的感情很深，可以说是天安门陪伴着我成长起来的，几十年前的一幕幕好像就在昨天。现在，我每周都要坐22路汽车经过天安门去看老父亲，每当经过天安门广场时，'祖国十岁我十岁'立即就在我的耳边响起，而且总是不由自主地拿出手机靠近车窗拍拍天安门。"

邓香君多年从事党务和人事工作，2002年退休。现在还被一家通信公司返聘，一家四口都在通信部门工作，生活条件非常优越。

北京天安门留影 1967.11

邓香君　刘慧玲　温瑞萍

1967

邓香君

2009

郭铁英　赵淑芳

1968

郭铁英　赵淑芳

2009

看到天安门，就会想到毛主席

赵淑芳，1951年生于北京一个工人家庭。她是九十二中六七届初中毕业生，1968年响应号召前往山西翼城县里寨公社北续大队插队落户，在农村干农活、当民办教师，后来又投奔亲戚转入甘肃庆阳农村插队，五年后考入兰州医护学校，毕业后分配到甘肃省中医院工作。2006年退休后投奔女儿回到北京。

回忆当年在天安门广场照相的情景，赵淑芳说："我和郭铁英是同班同学，当年去天安门照相没有任何目的，好像大家都去照，我们也就去照了一张。那时去天安门照相就和赶时髦差不多，照完相表完忠心我们就去农村插队了。我们村26个知青，都是我同学。"

说起插队的事情，郭铁英动容地说："当年在农村吃窝头、点煤油灯、修梯田、挖水渠、送粪、锄草、收割、排节目、参加三线建设，虽然很艰苦，但我们都很坚强，总觉得不能给北京知青丢脸。后来我出去当了兵，成为一名医务工作者。1991年回到北京工作，前几年已经退休。"

赵淑芳急不可待地说："比起郭铁英我就不那么幸运了，在外地漂泊了多半辈子，坎坎坷坷很不容易，现在虽然是叶落归根，但连个窝都没有，尤其是低收入、高房价，让人无力承受。这些年我常常幻想，党的房改政策要是能向知青倾斜就好了，做梦都想有个家。"

谈起对天安门的感受，赵淑芳说："过去我家住在天安门旁边的西交民巷，步行5分钟就到天安门了，晚上很多人都去广场的路灯下看书学习，看累了躺下就睡也没人管。'文革'的时候老师经常半夜带我们去天安门广场等待毛主席的接见，每次去广场都是人山人海。我们伸着脖子，踮着脚尖，盼啊！等啊！每当看到天安门，就会想到毛主席，就会觉得自己已经成了世界上最幸福的人，那时大家都很崇拜毛主席，因为从小老师就教育我们说：'毛主席是人民的大救星，他为人民谋幸福。'十年后，'文革'终于结束，个人崇拜才慢慢消失。"

最后我问赵淑芳对天安门的感受。她说："现在和过去完全不同了，改革开放让人们的思想有了很大转变，对天安门的感情也有了很大的变化，虽然叶落归根回到北京连个窝都没有，但我还是很感谢改革开放，要不然我在黄土高原漂泊几十年，回都回不来。好在最后的政策还是让我回到了老人身边，圆了我的梦。"

我这辈子一共挣了国家的238126块钱

李长琴，1946年生于四川省安县一个平民家庭。1961年绵阳一中毕业，第二年成为安县太平供销社售货员。她27岁嫁给一位支援三线建设的退伍军人，29岁那年调入西南某研究所的门市部工作。

李长琴说："我儿子通过网络聊天，在北京找了个媳妇，所以我跟着儿子从绵阳到北京看媳妇来了，这是我第二次来北京。第一次来北京是1968年，当时我是一个小山沟供销社的售货员，我姐夫在北京卫戍区当兵，我姐姐去探亲，我跟着她一起来过一次北京。那次在北京玩了整整一个月，记忆很深。"

我问她第一次来北京都去过什么地方，花了多少钱。她说："去了很多景点，动物园、颐和园、天坛、天桥、大栅栏、王府井都去了。回家之前本来想买两双布鞋，结果买鞋要鞋票，所以就花两块钱买了一块羊毛围巾，又花几毛钱买了一斤北京水果糖，再什么都没买。那次去的很多景点，车票、门票一般都是五分钱或一毛多钱，加上在外面吃饭，总共花了不到50块。"

我问她最早一个月挣多少钱，现在一个月挣多少钱，这辈子一共大概挣了多少钱。她说："刚参加工作一个月只有17块钱，现在一个月2787块钱。当年挣17块钱的时候，经常是5块钱吃饭、5块钱给父母、5块钱存信用社、2块钱留着自己花。那时候水果很便宜，猕猴桃和野山桃一斤都是两三分钱，一个鸡蛋才一两分钱，而且绝对都没有农药，也没有激素，每个人吃的都是绿色食品。一共挣了多少钱我还没算过。"

几天后，李长琴从四川绵阳来电话对我说："我算了一下，从1962年11月参加工作一直到2008年底的收入都算上了，包括工资、奖金、保密费、事业费补贴全部在内，我这辈子一共挣了国家的238126块钱，我的很多工资条都还在，这个统计基本上是准确的。"

附：李长琴参加工作46年的收入明细

1962年~1963年

17.00元/月 × 13个月 = 204.00元

1964年~1967年

23.00元/月 × 12个月 × 4年 = 1104.00元

1968年~1970年

28.50元/月 × 12个月 × 3年 = 1026.00元

1971年~1975年

32.80元 / 月 × 12个月 × 5年 = 1968.00元

1976年~1980年

45.00元 / 月 × 12个月 × 5年 = 2700.00元

1981年~1985年

78.00元 / 月 × 12个月 × 5年 = 4680.00元

1986年~1990年

153.00元 / 月 × 12个月 × 5年 = 9180.00元

1991年~2000年

558.00元 / 月 × 12个月 × 10年 = 66960.00元

2001年~2004年

988.00元 / 月 × 12个月 × 4年 = 47424.00元

2005年~2006年

1500.00元 / 月 × 12个月 × 2年 = 36000.00元

2007年~2008年

2787.00元 / 月 × 12个月 × 2年 = 66880.00元

总计：238126.00元

李长琴

1968

李长琴

2008

我们一火车基本都是地、富、反、坏、右的子女

沈炎仲，1953年生于天津一个知识分子家庭。1954年随家人移居北京。1969年北京五中初中毕业后去了云南西双版纳建设兵团，在勐海县参加修建曼满水库整整5年。1974年困退回京，在电影洗印厂工作。那时全国农村公开放映的8.75毫米《海霞》《红灯记》和很多有名的电影都是他们洗印加工的。恢复高考后，1978年他考入清华大学一分校电子技术系，1982年毕业，1984年去了国家煤炭部的计算机中心工作至今。

沈炎仲说："当时插队开始了，说东北是反修前线，出身不好的不能去，只让靠得住的工农子弟去，最后，让我们去了云南。我们一火车基本都是地、富、反、坏、右的子女，反正都是黑的，包括廖承志的儿子也和我们在一起，还有林业部副部长惠中权的两个儿子也在。惠中权还当过毛主席的秘书，虽然毛主席给他亲笔写过'实事求是，不尚空谈'的题词，'文革'照样挨整，最后被整死了。"

我问沈炎仲的父亲是做什么的。沈炎仲说："父亲当年在南开大学财经系上学的时候，集体加入过国民党和三青

吴圣兴　沈炎仲　文宝启
1968

吴圣兴　沈炎仲　文宝启

2009

团，此事早在新中国成立初期就经审查定为一般历史问题。'文革'中却被怀疑是国民党潜伏特务，最后没查出任何特务活动的事实证据，什么罪行都没有找到。那时我爸毕业后一直在《大公报》工作，'文革'期间《大公报》停了。'文革'后，他和《大公报》的一批人又参与创建《财贸战线》报，后来又演变成了现在的《经济日报》。记得1967年'文革'中的一天，我回家正好赶上报社的叔叔阿姨在我家挖院子，我爸站在院子里低着头，他们不让我动，说是搜电台，挖了三尺没挖出电台，结果叫来一辆中吉普，把我爸抓走了，走的时候叔叔阿姨对我说：你爸是反革命特务分子。当时我才十四岁，也不敢说什么，我亲眼看着我爸被他们抓走。走的时候，我爸只说了一句，'以后要听你妈妈的话'。抓走之后，我觉得很恐惧，赶紧跑到东四邮局给我妈打电话，我妈在房山工作，接到我的电话，当天就回来了。从那以后，我爸被拉到报社关了整整两年，直到我去云南之前才放出来，出来之后又继续接受审查。那时具体关在哪儿我们都不知道，我每次去送饭、送衣服都要检查，针和铁器都不许带，而且也不让我们见面，放下就得走，都是他们给转。后来又把我爸转到北郊劳动，具体干什么我也不知道，那时候我妈说我爸身体不好，很有可能死在'牛棚'里。最后我爸很坚强，放出来之后一直活到八十多岁，前两年才去世，比整他的人活的时间都长。"

我问他们当时为什么去广场照相。吴圣兴说："前几天我还找到1968年我们照相那天的日记，日记上写着'1968年8月22日（星期四），今天早晨，我和炎仲、文宝启，我们三个人一起到天安门去。我们在纪念碑前畅谈自己毕业后都上哪儿，三个人的想法都一样，毕业后，我们坚决不留在城里。我们要听毛主席的话，走坚决与工农相结合的道路，在阶级斗争的风浪中摔打，在与工农相结合的过程中滚一身泥巴。坚决改掉自己小资产阶级的世界观，使自己的思想越练越红'。估计就是表决心吧。"

沈炎仲最后回忆说："那时我妈经常给我点儿零花钱，照相应该是我请他们。照完相的第二年，我们三个就去兵团了，我去的云南，他俩去的东北，他们都是大返城的时候才回来。回来后，吴圣兴做财贸工作，文宝启现在在公共汽车站摇小红旗当协管员，后来又去东直门一个公共汽车转运站当保洁员。这些兄弟混得都很不容易。"

我三哥和四哥都是在美国受训的

马克印，满族，1951年生于北京。1967年毕业于北海中学，1968年9月9日赴内蒙古自治区土默特左旗哈素公社二十家大队插队落户。由于出身不好，当工人、当兵、上大学都没他的份儿，导致他在半农半牧的草原上种地、放牛、放马整整8年，直到1976年才病退回到北京，被安排到一家街道风机厂当工人。1998年突患脑梗，2000年退休回家养病。

马克印的父亲马永春早年毕业于京师大学堂，毕业后留校任教，很多年前就在国民党的庐山会议上接受过蒋介石授予他的"中正佩剑"，并秘密担任国民党地下军统职务。马永春先后生了11个孩子，其中5个是儿子。老大从日本留学回来一直在北京工作，老二进共产党四野当了兵，老三是国民党空军，老四是国民党海军。1948年老三老四跟着国民党部队双双去了台湾。6个女儿都是共产党干部，在自己的岗位上都很努力。马克印是他家11个孩子当中最小的一个。

马克印说："我爷爷是当年从关外进来的正黄旗，后来带着圣旨落脚河北定兴县境内跑马占地，是河北有名的大地主。新中国成立前我爷爷就投资买下了地安门内大街油漆作胡同11号，是一个很大的前后两进四合院。因为我爸有历史问题，加之两个儿子都在台湾，1959年就被强行退职了，整天就在自己家院子里养花、养鱼、种菜。'文革'当中两次被抄家，我爸差点被打死，最后被打得掉进河沟里，成了半身不遂，那时我爸已经70多岁了。我三哥和四哥都是在美国受训的，三哥是美国人给中国培训的第一批军事飞行员，四哥是海军舰长，当年也是在美国受训，包括台湾的《海军教规》都是我四哥写的。最后我四哥定居美国，现在一大家子都在美国。1988年，他们离开大陆40年后第一次回北京探亲，很帅，一看就是军人。"

尽管马克印的一生是不受组织重视的一生，但他在改革开放之初就偷偷摸摸干起了第二职业，他烤羊肉串、摆地摊、贩卖邮票。20世纪80年代中期，他又率先把老北京的民俗——风车引入第一届地坛庙会，春节期间每天的纯收入都在千元以上。90年代初期儿子还在上初二的时候，就送到加拿大留学，现在早已成为加拿大皇家银行一名重要的计算机工程师。

2004年，马克印投资80万元，在京郊承包土地110亩，成立了北京知青部落有限公司，集知青博物馆和吃喝玩乐一条龙服务，每天都有很多老知青前往参观并聚集在他的知青部落回忆往事。

据马克印回忆，当年他和吴有宏去广场照相是1968年9月8日，照完相的第二天，他就和北海中学的40余名同学一起去了农村插队。送他的吴有宏是他最要好的同班同学。尽管当年吴有宏的父亲吴冠中已经是中央工艺美术学院的一名教授，但生活依然不是很富裕，他俩经常是一个烧饼两个人分着吃，一碗丸子汤两个人分着喝。在马克印插队的第二年，吴有宏也被送往山西运城农村插队，后来他考上华北电力大学，毕业后成为华北电力设计院的一名工程师。

马克印最后说："人的命运完全不同，其实我俩念书的时候学习都很好，可是他在农村待了两年就上了大学，我却因为出身不好没上成大学，最后有宏成了一名对国家有贡献的工程师，我却当了一辈子倒爷。"

天安门留念
北京 1968

马克印　吴有宏

1968

马克印　吴有宏

2009

北京 天安门留影

1968.10.

徐海燕

1968

徐海燕

2007

我流着泪带着两张纪念照奔赴延安

徐海燕，1950年生于缅甸仰光一个华侨知识分子家庭。父亲时任仰光南阳中学校长，母亲是教师。在她6岁那年，全家回国并来到北京。徐海燕1966年初中毕业时正好赶上轰轰烈烈的文化大革命。

徐海燕说："刚回国时，我爸是中国新闻社的总编室主任，我妈是一个小学的校长，生活条件一直很好。后来文化大革命开始就没有好日子过了，因为我爷爷的父亲是清朝一个翰林，我爸高中的时候就集体参加了国民党的复兴社，所以他们同时开始挨整。其实我爷爷早就加入共产党了，我爸爸参加复兴社的事情也在入党时就跟组织上讲得很清楚，但照样被整。抄家时，把我爷爷收藏的很多字画和古董都抄走了，后来只还回来林则徐写的一副对联，还捐给了常州博物馆，其他东西都没了。'文革'最初是让我爸烧锅炉，还给我妈贴大字报，一直贴到我家门口，说我妈是外国回来的特务，后来我爸妈都被送到江西五七干校劳动改造。当时，我整天跟着老师组织的红色造反宣传队到处演出，去学校、工厂唱语录歌、说三句半、跳忠字舞，瞎跑了一年多。有人还说我们演的是大毒草，上台扯我们的幕布，一气之下我回家再也没参加。后来觉得待在北京实在是太无聊，社会也太乱，既不给安排工作，又没学上，1968年底我主动报名去延安插队，种地、修水利、当民办教师，受了不少罪。后几经周折，调到

外地一个驻京办事处。干校解散后，我爸妈被分配在江苏常州老家教书。1979年，还是廖承志点名把我爸从老家调回了北京。"

徐海燕觉得当年她父母的遭遇，给她打击非常大，她突然觉得北京再也没有什么可留恋的，自己迟早也要离开北京，所以她就提前去天安门广场照了两张留影，一张以天安门为背景，一张以纪念碑为背景。照完之后她更想离开北京了，而且希望走得越远越好。徐海燕说："1968年上山下乡开始后，我流着泪带着两张纪念照奔赴延安。"

我做了十四年枪

赵汉柱，1938年生于北京宣武区天桥附近的一个大杂院。他父亲早年是大栅栏中和戏院的售票员，新中国成立前供他上私塾，新中国成立后又把他送进北京第十四中学读书。1951年他放弃学业，父亲只好推荐他去赵燕侠创办的燕鸣剧社拜袁世永为师学戏。学戏三年，虽然结识了张君秋、马连良、李万春等不少大家，但他除了会翻几个跟头，也就是跟着跑跑龙套。

赵汉柱说："我进剧社的时候已经14，岁数太大，所以没能学成。16岁那年，我离开剧社进了北京第一铁工厂当了锻工学打铁，每月16元。1958年这个厂改名北京第三通用机械厂，让我当了车工。1965年组织上突然把我调到北京郊区延庆县的一个工厂，当时叫960厂，去之后我才知道是一个造枪的军工厂。当时主要制造56式半自动步枪，好像是模仿苏联的，可以连打10发子弹。我是车工，主要是做枪身。做了十几年之后，1981年这个厂子不做枪了，我又被调回城里，等于我做了14年枪。回城后我被调进北京市木箱厂，主要给军工厂做箱子，枪箱子、子弹箱子、炮弹箱子都有。后来我岁数大了，当了水暖工，也就是修修水管子，一个月三四十块钱，养全家五六口人。1998年我从木箱厂退休，当时我是6级工，一个月才120元，这几年国家给涨了几次工资，涨到1950元了。我老伴是从北京液压件厂退休的，一个月也有1600元的收入，加起来一个月三千多元足够花。我们老两口身体很好，糖尿病、高血压什么病都没有，要是有病就不够了，听说现在看病吃药都很贵。"

我问他木箱厂住房条件怎么样。他说："我们住的是房管局的房子，我和老伴住14.5平方米，姑娘原来住11平方米，姑娘结婚搬走后，我们住的就宽敞了。再说这房子一个月才三十多元钱，包括水电费，一年800元就够了，也不算贵。知足常乐嘛，乐观才长寿，人老了，也没有那么多要求了。"

我问他当年为什么带女儿去天安门照相。他说："没有什么特别的原因，那年我从山里的军工厂回来，带孩子去天安门玩。当时我和老伴都戴着毛主席像章，孩子没戴像章，所以我掏出书包里唯一的一本红宝书让孩子举着，意思是让孩子从小读毛主席的书、听毛主席的话。再说当时毛主席像章和红宝书都很珍贵，举着红宝书也很光荣。"

在我采访结束的时候，他说："你写我的时候一定要写上我拥护共产党，拥护毛主席。我们这一代人都是受毛主席教育长大的，也都见过毛主席，《为人民服务》《愚公移山》《纪念白求恩》我都会背，'文革'的时候那么多人都打人，我听毛主席的话，从来不打人、不骂人。没有毛主席就没有我们现在的生活。"

孙莲花　赵欣　赵汉柱

1968

孙莲花　赵欣　赵汉柱

2009

儿女们生活都很稳定，对我特别好

李传铭，1938年生于湖北省应山县李店乡李家湾村一户普通农家。他从小苦读诗书，熟背四书五经，新中国成立初期又走进学堂，学数学、学历史。1954年在当地小镇上的供销社参加工作，当过营业员、统计、会计、经理、主任，在最基层的供销合作社度过了前半生。

李传铭说："1959年我被派往湖北省商业干部学校学习管理工作，半年后毕业回到广水公社供销社担任人事组长，管着全公社供销系统300多人的人事关系。1970年又赶上清理阶级队伍，我作为公社清理阶级队伍办公室负责人，好几年当中一直都在全国各地搞外调，除了新疆、西藏、云南、贵州没去，其他省都跑遍了，各级地方政府、学校、工厂、部队、监狱，哪都要去，涉及到的人和地方很多，凡是当过保长、警长和国民党的连长、宪兵的，都是审查对象。要把名单上200多名干部的历史问题和污点搞清楚，把每个人的结论装到他们的档案里，每个人好几百字的结论都是我写的。"

我问他们当中坏人多不多。他说："不多，基本都没有什么大问题，也都不是

毛主席 永远忠于

北京
天安门留念
1969.11.

李传铭　陈煦平
1969

李传铭

2009

人们想象中的坏人，其实都是很普通的人。我实事求是地给每个人写了结论，按规定装进了他们的档案。不过在那时候，你即便没有做坏事，出身也已经决定了你不是好人，这一点很不公平。"

几年后李传铭被提升为广水公社供销社主任，从此他管的事更多了。他说："那时候国家管得很细，包括男女作风问题也管得很紧。比如我们一个基层供销社的负责人和一个售货员好上了，有一天大家发现半夜三多点钟，他进了那个女孩子的屋，等他们上床后大家突然端开门把他们给逮住了。当晚步行八公里把他送到我的办公室，当时我还没起床，他抱头痛哭主动交代了错误，很快铺天盖地的大字报就贴出来了，批判他作风败坏，把他整得很惨。最后我认为他只是一时糊涂，所以没有完全开除他，只是给了个开除公职留用两年的处分。这人现在还在，人很好，我们常见面。那女的给了个记过处分，嫁到很远的地方去了。那时候发现这种事，算是很大的事，尤其是军婚，男的一律坐牢，不像现在开放了，也没人管了，也不存在军婚的说法了。"

20世纪90年代初，李传铭调往广水市棉花公司担任党支部书记。1998年退休后他整天练书法、画山水、刻根雕、栽盆景，曾获第三届全国农业展览会银牌奖、第二届湖北省根艺展二等奖，1998年当选为广水市根艺美术协会主席、书法协会广水分会副主席。

当他得知我的这次摄影活动之后，特意带着当年和同事陈煦平一起去东北外调时途经北京留下的这张老照片，从湖北专程来到北京接受我的拍摄，而且还给我带来一幅他亲手创作的对联：六十春秋歌盛世，万千俊杰谱华章。当我拍完照片要给他支付往返交通费的时候，他说："绝对不要你的钱，我有四个儿子、一个女儿，有在当地公安局工作的、有在环保局工作的、有做生意的，小儿子一家都在北京工作。儿女们生活都很稳定，对我特别好。再说我自己的退休金也足够花，来一趟北京根本不算什么，哪能要你的钱。"

我一天最多做过十一台手术

齐洪霞，1948年生于天津一个军人家庭。从小接受既传统又革命的教育，培养了诚实真挚的品格和积极向上的精神，无论学习还是各种活动都不甘落后。1965年从天津南开区入伍来到北京军区后勤部，经过培训分配到军区总医院妇产科工作。当时她还是个小姑娘，总是有些不好意思，经过领导的说服教育，她逐渐开始热爱自己的本职工作，并且在同批战友当中第一个成为共产党员。

齐洪霞说："入伍的第二年，文化大革命就开始了，我们医院也分成了两大派，由于我工作努力多次受到表扬，所以我被称为'保皇派'。那个年代很特别，哪怕是资本家的后代也要积极表现自己的革命热情，要和家里划清界限，包括回民也要改变饮食习惯，一切都不是自己说了算。后来，我被派到后勤部接待红卫兵，负责安排外地来京串联学生的吃住，先后六次带领红卫兵接受毛主席的接见，有幸在天安门广场参加了国庆20周年的大型活动。

"后来，为了更好地为部队服务，我主动要求去上学。当时我还没结婚，院领导怕我毕业不回来，就决定让我结婚成家后再去上学，而且一定要找本院的。最后组织上为我找好了人选，是北京医学院毕业的，专业很强。起初我不同意，但政

委、院长、主任、老同志们轮流来给我做工作，还说要是结婚，保证5年内让我去上大学。为了上学，1972年我们结婚，1973年生了孩子，1974年才放我去了石家庄解放军白求恩国际医学院进修。再后来我又去天津中心妇产医院进修了两年，理论和实践都经过了系统的学习。"

经过专业学习，齐洪霞逐渐成为一名医术高超的妇科医生。她说："当年我15分钟就可以完成一例剖腹产，我一天最多做过11台手术，而且大大减少了产妇的痛苦。"

杨再见　李正宽　索登娣　郝秀玲　齐洪霞

1969

郝秀玲　齐洪霞

2007

语录本是照相师傅塞给我们的

阮凤珍和王静芳两人 1954 年生于北京普通工人家庭，都是七○届丰盛中学的初中毕业生。毕业后阮凤珍去北京齿轮厂当工人，一直工作到退休。王静芳分配到西单商场当售货员，后来调入中国农业科学院化验室工作。

我问阮凤珍的经历。她说："我和王静芳是街坊，也是同学，但我们在一起上课的时间很少。1966 年'文革'开始，我们正读小学五年级，所以初中三年基本没有上课，最多也就是毛主席有最新指示发布的时候，学校组织我们晚上去游游行，平时挖防空洞、学工学农，根本上不了几堂课。说我们是初中生，其实真正的文化程度也就是小学水平。毕业后我被分到北京齿轮厂当木工，后来在车间当磨工、车工、翻斗车司机，一直干到 20 世纪 80 年代末，我们公司才和美国合资，一个月工资从过去的几十元涨到了几百元。合资前我们做 212 北京吉普变速箱齿轮，合资后我们主要生产切诺基的变速齿轮，也就是说除了壳子是进口的，里面的内脏都是我们厂做的。那时候买车的很多，切诺基卖得很火，我们厂每天加班加点，活儿都干不完。后来人们的生活水平提高，私人买车越来越多，而我们生产的切诺

王静芳　阮凤珍
1969

王静芳　阮凤珍

2006

基很费油，私人买车谁都不买，我们厂的效益因此越来越差。1996年我们厂工人开始下岗，2002年我办了退休手续，现在每月2000多元的退休金，也都是从社保领取。"

提起她们手握红宝书、胸戴毛主席像章照相的情景，阮凤珍说："记得那次照相是我俩都想去看看天安门广场白天是什么样子，因为每次去天安门都是晚上游行才去。我们那天去正好碰上照相的拉我们照相，我们就花几毛钱照了一张，也没有什么特别的说法，好像我们手里的语录本是照相师傅塞给我们的。至于佩戴毛主席像章，当时每个人都戴，而且越新越好、越大越好。越大好像对毛主席越忠，就连我妈作为家庭妇女，每天不出门也戴毛主席像章。家里墙上还用红纸做了红太阳，把光芒四射的红太阳贴在毛主席像上，早请示、晚汇报。那时候家家户户都这样，觉得很正常。"

阮凤珍小时候住白塔寺附近，她家和中国评剧院是对门。她说："'文革'的时候，马泰、新凤霞、小白玉霜和很多名角儿经常在大门口站成一排点名挨批，有时还罚他们搬煤。虽然是名角儿，照样被整得很惨。"

阮凤珍成家后，住在东四附近一间8平方米的小平房里，

2002年拆迁后在通州买了一套80平方米的商品房。她说宁愿住8平方米的小平房，也不愿住现在80平方米的大房子，因为老父亲已是93岁的老人了，离市区太远，照顾老人很不方便。

前两年我妈还鼓励我爸写入党申请书

张蔷，1962年生于北京一个高级知识分子家庭。1980年在北京一零一中学高中毕业，先后在中国工商银行和北京银行工作20余年，后来辞职从商，再也没给公家上过班，现为自由职业者。

我请张蔷回想小时候在天安门广场留影时的情景。她说："我一点都不记得了，要不是照片背面写着日期，哪年照的我都不知道，因为那时确实太小，所以无法回忆当时的情景。按照时间推算，应该是父母带我去照的，那时候我哥和我姐都去上山下乡了，没在北京。不过小时候有些事情还是记得一些，比如我爸妈都被送到干校改造去了，我哥和姐都到陕北农村插队去了，我爸妈只好把我送到我舅家生活。再就是记得在中关村二小上小学的时候，因为我爸妈出身都不好，我妈家好像是地主，中科院的小同学都喊我张地主。我爸妈都是解放前的大学生，我爸毕业于中央大学，我妈毕业于北京师范大学，毕业后一直给共产党干，而且对共产党忠心耿耿。记得我小时候，有一天早晨一睁眼，就看见我妈在那儿背党章。唐山大地震之前，我妈终于入党了，但我爸一直入不了。前两年我妈还鼓励我爸写入党申请书，后来我爸在我妈鼓励下又写过几次。不知为什么组织上不发展我爸入党，到现在还没让他入，我也说不清。"

其实，无论是中国科学院网，还是人民网、新华网等无数家官方网站，都可以轻易找到张蔷她爸的相关介绍："张广学，中国科学院院士。1921年生于山东省南关村。1946年毕业于中央大学农学系。经过几十年的研究，他将中国蚜虫记录从148种推进到1000余种，占世界总数的1/4，发现9个新属224个新种，是世界著名的昆虫学家和作物病虫害防治专家，为中国乃至世界农林业发展做出了巨大贡献，其中一项研究成果便使中国的马铃薯产量增加了50%。曾获中国重大科技成果奖、中国突出贡献科学家、全国劳动模范、香港求是科学基金会求是奖等数十种奖项和荣誉称号。"

我最后问她父母多大岁数。张蔷说："我爸今年89岁，我妈86岁。其实这岁数入不入党都无所谓了，老人这辈子一直有这个心愿，只是没有实现罢了。"最近张蔷的父亲卧床不起，甚至总是昏迷不醒。我相信每天守候在老人身旁的张蔷，并不会为父亲没能入党而感到惆怅，因为她知道父亲的一生无愧于党……

张蔷

1969

中华人民共和国万岁　世界人民大团结万岁

张蔷

2006

即使晚上停了电，也能看见毛主席对着你笑

毛联裕，1937年生于山西省昔阳县梁庄村。4岁跟随父亲逃荒种地，6岁当了放牛娃，8岁那年跟随父亲回到村里打土豪、分田地、进学堂。1954年从昔阳县立高级小学毕业时，成绩本来是全校第一，但由于交不起中学每月7元钱的食宿费，只好回到村里当了会计。1955年入伍分配到北京军区军械部技工训练大队学习枪械维修，两年后学习期满。他熟练掌握了多种轻武器的修理，并成为军械修理所的一名技师。1961年毛联裕被提升为所长，1979年担任驻厂军代表工程师，1989年被授予上校军衔。

毛联裕说："我修了很多年枪之后，1967年又调到高射机枪连担任指导员，通知我们抓紧训练，准备去越南参加抗美援越的战斗。那时中国和越南是同志加兄弟的关系，好得就像一家人。1968年我们正要去帮越南打美国的时候，突然通知我们不去了，当时大家都很失望，觉得准备了那么长时间怎么又不去了。那时候一说打仗大家都想去，根本不害怕，都有一股不怕死的精神。再后来我就到机关工作了，珍宝岛、中印、中越，好几次抽人打仗，我都没被抽上，等于当了一辈子兵，但从

毛联裕　刘德正
1969

毛联裕

2009

来没有打过仗，总觉得很遗憾。1979年我调到北京延庆县一个小山沟里的960厂当了军代表。这个厂子是军工厂，主要制造56式7.62半自动步枪，不远处还有一个955厂，专门生产56式7.62的子弹。56式步枪的弹仓一次只能装10发子弹，不能换弹匣，打完就完了，只能停下来装完子弹再打。这种枪只适合站岗放哨用，对付一下单个目标，上战场打仗还是跟不上，后来订单越来越少，1983年只好停产。我又调回北京军区后勤部工作，一直到1990年12月退休，是技术7级的副师级干部待遇。"

毛联裕多年来在天安门广场留下很多纪念照，从20世纪50年代一直到现在，至少有好几十张。这张照片是他准备去越南打仗的时候，母亲特意从老家山西赶到北京看他时去天安门拍的一张留影。40年过去了，毛联裕的母亲早已离开人世。毛联裕回忆说："当时通知我们上战场，母亲不放心，特意来看我。当我把她带到天安门广场给她戴上毛主席像章准备拍照时，她非常激动，那时候谁能有个好点的毛主席像章是件很自豪的事情。因为当时毛主席像章在市场上还没流通，谁也不能拿毛主席像章做买卖，所以只能靠关系才搞得到，大部分都是一些会议和活动上定制和赠送的，会议级别越高，像章质量越好，普通人想搞到质量好的很不容易。那时候国家还发明过夜光的，就和夜光手表一样，即使晚上停了电，也能看见毛主席对着你笑。谁有带夜光的像章，那才让人羡慕。还有那时候的人送礼最贵重的就是送毛主席像章，不像现在求人办事送的都是好烟好酒。"

毛联裕来北京已经50多年，他刚到北京的时候，很多地方还是一片废墟，天安门广场除了城楼，再无任何新的建筑，作为一个外地人，他经历了北京翻天覆地的变化。当年，他每月只能领到6块钱津贴，现在他每月退休金是6600元，和老伴儿的退休金加在一起，月收入已经超过了8000元，所以他很满足现在的生活状况。

毛联裕的母亲是清朝光绪年间出生的，比毛联裕整整大30岁，要是在世的话，今年102岁。

"文革"期间我们学校闹得很厉害

阮凤岐，1949年生于北京。1966年初中毕业于北京女十中。阮凤岐的爷爷早年在北京火柴厂工作，父亲在公主坟百货商场工作，母亲是家庭妇女。

阮凤岐说："'文革'期间我们学校闹得很厉害，写大字报、串联，给我印象很深。

"1968年，我们响应毛主席号召去了黑龙江建设兵团。那里冬天很冷，干农活很累，生活也很艰苦。第二年我就被调到子弟学校当了老师。直到1977年我才病退回到北京，分配到北京市人民汽车公司当了售票员，也就是现在的公交总公司。后来我又在车队做行车管理员，直到1999年退休。退休后在我家附近的一个社区当了居委会党支部书记，干到2008年。

"当年和我一起照相的是我姐姐阮鹰，那时她是一名军人。1969年她从四川回来探亲，我也正好从东北回来，临走前我们一起去前门买火车票，路过广场的时候顺便照了一张相。照一张四毛钱。"

阮凤岐认为，她家是一个很平常的家庭。他们一共姐弟6个，姐姐当年从北京考入武汉军事护校，毕业后去四川某部工作，现已退休；弟弟和她一样，曾经也是黑龙江建设兵团的一名兵团战士，回京后在北京造纸厂工作；大妹妹是北京弹簧厂工人，已经病逝；二妹妹是北京齿轮厂工人，现已退休；小妹妹是去北京顺义插队的知青，回城后在公交总公司工作，当过售票员、统计员、车队队长、工会主席，是家中职务最高的，也是唯一一个还在上班的。好在他们的下一代都受到了良好的教育，已经有3个大学生，这对阮家来说，或多或少也是一种安慰。

阮凤岐　阮鹰

1969

阮凤岐　阮鹰

2006

毛主席万寿无疆　敬祝伟大领袖

北京天安门留影
1969.5.

王文英　赵仲堂

1969

王文英　赵仲堂

2009

要想找到激动，只能从回忆中去感受

赵仲堂，1940年生于河北省临漳县孙陶乡东芦村。弟兄八人，排行老三。19岁那年他从县中学考入哈尔滨军事工程学院。1964年毕业分配到国防部第五研究院工作，也就是现在的航天集团公司。

赵仲堂说："我上中学的时候很优秀，离校时是团委组织委员。18岁那年我就填写了入党志愿书，因当时华北局有通知'中学生不发展党员'，没有批。上大学时正赶上反右倾运动，我说了真心话，也讲了一些内心想法，结果多次受到大小会批判。虽然1962年春给我平了反，但当时感到很委屈，痛哭了一场。毕业时，我又填写了入党志愿书，支部讨论通过了，上级党委没来得及批，我就毕业离校了。到北京工作又赶上'四清'和'文革'。在山东军垦农场劳动锻炼时，表现优秀，党支部又让我填写了入党志愿书，还没来得及开支部会讨论，我就调回北京了。直到1984年我44岁时第四次填写入党志愿书才被批准为预备党员，于第二年转正。"赵仲堂入党后又当了干部，后又调到质量技术处任党支部书记兼副处长。

赵仲堂说："我虽然已经退休整整10年，但我一直还在思考中国如何预防腐败，预防假冒伪劣。这些年我已经撰写了近百篇文章，有的还在国家级报纸上发表。也曾给中央领导写信，建议引入主动监督机制，遗憾的是石沉大海没人理。尽管如此，我还要思考还要写，就连我8岁的小孙女有时见我写东西都说，爷爷又在写主动监督机制呢。我想，中国什么都从西方引进，为什么不引进主动监督机制呢？如果不引进，中国的腐败毒瘤只会越长越大，和癌症一样，光靠化疗和放疗是不可能根治的。"

我问他当年为什么去天安门照相，他说："我爱人是我老乡，她当时还在老家工作。有一次她来北京，我特意带她去广场玩，那叫看见天安门都很激动。包括我在哈尔滨上大学时，每次路过北京都要去看看天安门，看到天安门就像看到毛主席一样激动，那时我就在天安门照过相。现在很少去了，去也没有过去那么激动了。要想找到激动，只能从回忆中去感受。作为一个共产党员，我真希望过去那种激动还能够回来。"

没有什么轰轰烈烈的事情

鲁传述，1935年12月生于河南省原阳县官厂乡鲁厂村。1951年，年仅16岁的他听从祖国"抗美援朝，保家卫国"的召唤，毅然报名参加了中国人民解放军。1952年，他从平原军区调到北京军区，从此开始了在北京的工作、学习、生活。

鲁传述入伍后，努力要求进步，认真工作，积极学习。仅仅具有高小文化的他，对学习一直充满了渴望，并从此养成了毕生学习的习惯。1959年，经过组织的层层严格选拔，他被选送到上海第二军医大学，学习临床医学。后又经过多次进修学习和工作实践，成长为一名军内医务工作者。

鲁传述先后在空军北京军区医院、空军总医院、空军北京军区卫生处、空军北京军区某部工作。他从卫生员、护士成长为具有丰富经验的军队卫生高级领导干部。在工作中，他勤勤恳恳、任劳任怨，在广大官兵中树立了极高的威信。他曾两次荣立个人三等功，一次四等功，多次获得个人嘉奖。他直接领导的科研团队，曾荣获军队科学技术成果二等奖一次，集体三等功一次。他曾入选《功臣名录》。

从1951年入伍到1991年退休，鲁传述在军队工作了整整41年。这些年里，有高潮也有低谷，但他一直乐观地面对。

如今，他已是一位年逾七旬的老人，居住在军队干休所。回首过去，他只是淡淡地说："虽然为部队做了一些工作，但也很平常，没有什么轰轰烈烈的事情，也没有做过对不起部队、对不起人民的事情。所以，这些年心情都很平静，也很安然。"

我问他为什么照相没举《毛主席语录》。他说："这张照片是我爱人1969年来部队探亲时，特意到天安门广场照的。那时已经没有那么严了。但我们从内心对毛主席是非常崇敬和热爱的。"

我问他对现在的生活是否满意。他说："现在的社会非常好，稳定、和谐，社会氛围越来越宽松了。我现在享受正师级待遇，老伴退休工资也年年增加。我们还经常出去走走，像德国、法国、英国、荷兰、比利时、卢森堡、意大利等国家都去过了。这在过去真是没有想到的。"

鲁传述不仅对自己的生活很满意，对子女也很满意。儿子在首都机场工作，女儿从德国留学学成后，回国在一家民营企业工作。他对孩子们的前途充满希望。

老伴路秀芳，1942年9月生于河南省原阳县。1962年毕业于郑州电力学校。后在郑州储运公司工作。1971年1月，随军调入北京市工商银行通州支行。1997年退休。工作期间，她多次获得先进个人、业务竞赛第一名等荣誉称号。

退休后，她积极参加各种社会活动，曾被评为通州区优秀楼长。多次代表社区、通州区参加各种演出及其他社会活动。

伟大领袖毛主席！永远忠于

天安门留念
北京 1969

路秀芳　鲁传述

1969

路秀芳　鲁传述

2009

语录本和弟弟骑的三轮车都是照相部的道具

李蕾，1964年生于北京一个知识分子家庭。由于父母在航天系统，工作较为繁忙，出生三个月就被送往上海的外婆家生活，儿童时代经常是叔叔阿姨出差顺便带她往来京沪两地。

李蕾说："我父母都是20世纪50年代从外地大学毕业分到北京的，我从小家庭生活比较优越，穿的很多衣服都是外婆家从上海寄过来。记得我上小学三年级的时候，老师就找我妈谈话，说我穿衣服带有资产阶级思想，结果被很多同学误解，以为我真是带有资产阶级思想的坏孩子。那时虽然岁数小，也不懂什么是资产阶级，但所有的小朋友都知道资产阶级不是好东西，因为那时对封资修的批判力度很大。又过了两年，'四人帮'打倒了，好像穿什么衣服才没人说了，我们学校还特意选了我和另外一个同学去参加粉碎'四人帮'的庆祝活动，让我穿着自己最好看的衣服去扭秧歌。后来参加高考，我本来报的是同济大学，想去上海，结果那时候高考文科和理科只有一张卷子，题都在一起，卷子都没搞清就开始答题，该答的没答，不该自己答的反而答了，最后没被大学录取反而被中专录取。1982年我从首都铁路卫校毕业后留校任教并

李涛　李蕾
1969

李涛　李蕾

2009

入了党。几年后再次参加高考考入北京青年政治学院，大学毕业后分到中国青年杂志社工作。先后从事行政、广告、人事等多项工作，一直到现在还在中国青年出版总社人事部工作，职务是人事部主任。"

回忆当年和弟弟在天安门广场照相时的情形，李蕾说她家的照片档案很全，那时她家虽然没有照相机，但每年逢年过节都要去照相馆照几张相，好像早已养成一种习惯。去天安门照相的过程早已忘记，当时她5岁，弟弟还不到一岁，站都站不稳，她手里的语录本和弟弟骑的三轮车都是照相部的道具。几十年过去了，虽然那次拍摄他们已忘得一干二净，但这张照片对于姐弟俩还是很有纪念意义，也富有强烈的时代特征。

李蕾说："我很多年都没去过天安门广场了，因为上班也不路过，自己也没有时间特意去那里玩，至今我还没有去过毛主席纪念堂，包括升旗和降旗我都没见过，总觉得这些东西和我关系不大，只要把工作做好就可以了。"

李涛1968年生于上海。1989年大学毕业。现为平安保险公司的区域经理，工作非常出色。

邻居捎带把我的户口从北京迁到了山东东营

余海，1964年生于北京一个知识分子家庭。在读幼儿园的时候，中国时兴"厂校结合"，他父母所在的北京石油学院短短一个月之内就迁出了北京，全家人随之迁往黄河入海口的山东胜利油田。余海在油田从幼儿园一直读到了大学毕业，后来他通过父亲年轻时玩过的一台老式蔡司相机迷上了摄影。

1984年，余海毕业于胜利油田教育学院物理系，之后进入华东石油学院附中教书，不久父母调回北京石油大学任教。为了追随父母，余海办了停薪留职的手续，自费跑到北京并考入中国人民大学新闻系摄影专业，经过两年的系统学习，毕业后进入中国石油报社工作，由于人事和户口关系进不了北京，只好落在河北涿州。

余海说："我们早年去山东一直保留着北京户口，但是考上大学就必须迁户口，所以我父亲托一个去北京出差的邻居，把我的户口从北京捎带迁到了山东东营。没想到往外迁容易，再往回迁就难了，当时往外迁只用了两分钟的时间，往回迁却用了20多年的时间，而且跑了不下100趟。直到2005年才按照'父母身边无子女'政策，把我的户口转回北京，真是太不容易了。包括工作也是，当初我进中国石油报社本来是想当摄影记者，结果领导只同意我当校对，干了两年校对之后，正好赶上中国石油报承办的塔里木石油需要一名摄影

记者。得知这一消息时，我才结婚11天，扔下媳妇二话没说就去了新疆。在塔克拉玛干大沙漠里干了两年才回来，从此再也没有放弃摄影。"余海当初去新疆工作虽然艰苦，但他说用两年的代价走上自己喜欢的摄影道路也值，况且他在新疆还拍摄了许多别人无法接近的题材。

提起往事，余海说他曾经两次落泪，一次是1991年11月26日奔赴新疆塔里木石油报社成为摄影记者并拿到相机的时候，他落泪了。还有一次是2005年4月27日当他拿到北京户口的时候，又掉眼泪了，因为他再也不用为女儿上学难的事情发愁了。

说到余海在天安门的这张老照片，他说："听我父亲讲，当时北京石油学院要离开北京，我们一家人也要跟着学校去山东，可能是我父亲认为再也回不来了，所以就带我们全家去天安门广场照了一些纪念照。那次的照片都是我父亲自己照、自己洗的，照片质量虽然一般，但对我来说很有纪念意义。40多年了，这张照片我一直珍藏到现在。"

这些年余海背着相机走遍了中国的每一个油田，包括中石油在世界各地的每一个项目，不仅拍摄了大量的"工作照"，还拍摄了不少属于自己的摄影作品，工作、活动忙得不亦乐乎。

余海
1969

余海

2007

永远忠于伟大的
毛泽东思想

徐明

1969

徐明

2005

站在我家卧室就能看见天安门城楼

徐明，1963年生于辽宁省铁岭县一个医务工作者家庭。1978年，他随父母亲工作调动全家搬到了河北廊坊，后毕业于天津工艺美院，曾在中石油管道局工作20年。2000年响应国家号召按照政策每年4800元的补助，买断工龄，一次性获得近十万元离开国企成了自由人，随后定居北京。

徐明说："1969年3月，我爸来北京出差，顺便带我来北京玩。当时我才5岁多，在天安门广场拍照。为什么把我打扮成这样，我一点都不记得了，好像那时就知道北京天安门是毛主席住的地方，他的官最大，所有的人都怕他。上学以后我是我们班里50多个同学中唯一去过北京的孩子，过了很多年同学们都还很羡慕我。那次除了记住天安门，我还记住了白塔寺，因为我们晚上住在白塔寺附近的旅馆。白塔上的风铃到晚上被风吹得响个不停，我一直认为塔里面有鬼，很害怕。来了一次北京就记住了这两个地方。不过还有一件事也记得很清楚，那次照完相我父亲带我去一个小饭馆吃饭，我在桌子底下捡了10块钱没有交公。听我爸说，那10块钱够我们在北京花好几天。那时一盘肉菜两毛钱，素菜还不到一毛，油饼和豆浆才几分钱。那次我爸还带我去了故宫、颐和园和北海，都没有照相。"

说到现在对天安门的感受。徐明说："现在三天两头开车路过天安门，也没有什么特别的感觉。这些年除了外地来朋友，偶尔陪着去广场，平时不可能去那里逛。再说我家住26层，晚上站在卧室就能看见天安门城楼。"

几年前徐明在北京开了一家公司，并在北京有了固定住房，平均月收入万元以上。让他唯一感到遗憾的就是父母去世太早，没能尽到自己的孝心，也没有开上自己的车带他们围着天安门广场转上几圈。

40多年后的今天，当年5岁的徐明已经成长为一个又高又壮的大胖子。让他最满足的是自己幸福的婚姻，他说结婚16年感情依然如初。2006年儿子徐小函的出生，使幸福的小家庭更加欢乐。

我们都从十六七岁的小姑娘变成了老太太

王南虹、宋凤云、汤莹、王秀荣、屠小渝都是1969年北京三十六中初中毕业生。在学校的时候，她们就是最好的朋友，当时除了汤莹一个人留在北京，其余四个全部响应号召前往延安地区志丹县双河公社插队落户，两年后她们招工、参军各奔东西，各自有一段不同的经历。

王南虹，1952年生于济南一个干部家庭。1954年随父母调动来到北京。1970年离开农村招工到汉中012国防工厂当了描图员，1975年被推荐到北京大学力学系学习。在校期间她和同班同学陈锋相爱，大学毕业后一起回厂技校任教，1988年一起调往烟台工作。到了烟台之后，王南虹继续从事教育工作，1995年晋升为高级讲师。现在，王南虹虽然办理了退休手续，仍被原单位返聘录用。豪爽仗义的陈锋早已辞职下海从事国际贸易，生意之余，两人主要是在海边的别墅养花、种草、读书，享受退休后的美好时光。他们的女儿已经从英国留学回国，正在开辟自己的事业。

宋凤云，1952年生于北京一个干部家庭。1970年招工去了延安无线电厂当工人，其间和一位北京知青相爱，他们当时的共同目标就是回不了北京不结婚。为了回京，1979年他俩同时调往天津某水利部门工作，同年结婚。1992年终于调回北京农工商联合总公司。目前她已退休，丈夫还在上班，儿子在北京八通线开地铁，一家人生活得很幸福。

汤莹，1950年生于北京一个工人家庭。她是她们五个当中唯一没去插队的。她1969年招工进入四机部706厂当库房保管员，企业不景气，45岁提前退休。退休后一直在麦当劳打工，十几年了，她始终没有放弃这份工作。她庆幸自己有个幸福美满的家庭，对儿子和儿媳妇的孝顺尤为高兴。目前，全家人正在为2007年花90万元给儿子购买的一套住房而奋斗。

王秀荣，1951年生于北京一个工人家庭。插队时身体不好，在村里当过老师、做过饭，几乎没干过什么农活。1970年招工去了汉中012工厂当铣床工，8年后改行当了计划员。1989年和同为知青的丈夫一起调回北京，在压缩机配件厂从事统计工作。工厂效益不好，她45岁提前退休，丈夫身体不好也提前退休。在妹妹的帮助下购买了商品房，两个孩子已工作。

屠小渝，1952年生于北京一个军人家庭。1971年跟着父亲去广州参军。当过厨师、放过电影、当过护士。在广州军区服役12年后，为了照顾老人，1983年跟着丈夫转业回到北京。回京后她在北京医科大学图书馆工作，在此期间她又上过中专、大学。2007年退休后痴迷于上网写博客。她说现在生活好的知青都觉得插队无悔，生活不好的都认为青春被剥夺，但她认为生活好坏，主要是看自己付出和努力的程度。她最后说："1969年我们的供应粮都吃完了，冬天也不种地了，所以就一起回了北京。回来之后我们叫着汤莹一起去广场照了这张相片。几十年过去，我们都从十六七岁的小姑娘变成了老太太。"

王南虹　宋凤云　汤莹　王秀荣　屠小渝

1969

王南虹　宋凤云　汤莹　王秀荣　屠小渝

2007

我给毛主席致悼词

姚元，1949年8月生于上海一个知识分子家庭。两岁时随父母移居北京。北京航空学院附中六八届高中毕业生，1969年1月去延安插队。

我问姚元插队的过程。他说："我高中毕业正好赶上插队的高潮，当时我妹妹从清华附中毕业要去延安插队，为了照顾妹妹我也报了名。插队批准后，我用插队证明买了一件蓝色棉大衣，穿着那件大衣，然后带上家中一台蔡司135照相机就跑到了天安门广场。天安门是毛主席1966年8月18日接见我们的地方，所以那时的天安门在我心目中很神圣。既然要离开北京，那肯定要在天安门前照张相，照完相之后我们就去延安插队了。"

姚元插队的地方是延川县一个叫关家庄的小村子，村里一共有21名北京知青，在村里修梯田、打坝、种地，一共干了两年多。插队期间，每天挣的工分是8分，是知青中最好的劳力。1971年3月，他被招到延川县电信局当工人，架线、维修，整天都在野外工作。1973年，全县几百人参加高考，他以数学和物理双百的成绩考入陕西师范大学数学系。毕业后按照师范院校"社

姚元

1969

姚元

2009

来社去"的分配原则，他重返延川，成为延川中学的一名数学教师。

姚元说："按说在北京，我们这种学校的高中毕业生，在当时考个大学应该没问题。但1966年起高考就停了，从1970年到1972年期间，上大学纯粹是推荐，根本不看学习水平和实际能力，所以一般人也得不到上大学的机会。直到1973年，才开始实行半推荐、半考试的方式，所以让我给赶上了，这才得到上大学的机会。那时上大学，5年工龄的可以带工资，但我只有两年，所以只有家里供我。虽然艰苦，还是扛过来了。记得大学毕业回到延川那天，正好是1976年9月9日，上午10点左右我刚下公共汽车，广播里的哀乐就响了，没想到毛主席会逝世，当时很震惊。没几天，县里召开追悼会，文教系统让我给毛主席致悼词，心情很难受，没念几句就哽住了，当时哭的人很多，我也哭。那时哭都是真哭，没有一个假哭。尤其是周总理逝世，哭的人更多，几乎所有的中国人都在哭。"

姚元在延川中学教了5年书之后，1981年调往河北涿县的煤炭部地质局子弟学校任教。1985年调回北京，后来成为煤炭科学研究总院的一名高级工程师。他的爱人冯骧也是关家庄的知青，清华附中初中六七届毕业生。1977年恢复高考后考上大学，1982年毕业后分回北京工作。

我问姚元这些年再去天安门照过相没有。他说："自从1970年和我们村的男知青去天安门照过一次后，快40年没在天安门照过相。"

姚元即将退休，他计划退休后和冯骧一起去旅游、一起玩摄影，安享晚年生活。

那时候北京城墙上的砖随便拆

戴桂茹，1953年生于北京一个小手工业者家庭，1970年在北京三中初中毕业。早在20世纪50年代，她的父亲就积极参与公私合营，负责业务管理工作，由于他的创新，使企业效益倍增。20世纪70年代末，戴桂茹的父亲被评为北京市技术创新能手。

戴桂茹说："上中学时，我是校红卫兵委员会组长，共青团总支副书记。那时，西城区红代会组织各校的红委会组长开会，每次我都参加，汇报工作，接受任务。那时中学都进驻了工军宣传队，我们在工军宣传队的领导下，参加军训等有序活动。珍宝岛事件发生后，我们响应毛主席'深挖洞，广积粮，不称霸'的号召，开始挖防空洞。我们不怕苦、不怕累，干得可带劲了！1970年我被选送到西城区师范学校学习。因小学师资紧张，仅让我们学习了半年，我就被分配到小绒线胡同小学，当了班主任，兼管全校红小兵工作。1976年我作为最后一批工农兵学员，被领导和同事推荐上了北京师范学院。1979年毕业，分配到北京市物资局党校任教。"

说起当年，戴桂茹记忆犹新。她说："珍宝岛事件后，北京就开始挖防空洞，当时工厂、街道、学校和好多单位，包括居民家的大院子，好多年一直都在挖。我当小学老师时，领导让我们

组织高年级学生到西直门城墙上往学校搬砖，搬来垒防空洞用。那时候，北京城墙上的砖随便拆，也没人管，谁都不觉得是文物。我们挖防空洞还要和周边的防空洞挖通才行。到物资党校后，防空洞已挖好，我们党校校长想利用防空洞给职工谋点儿福利，觉得种蘑菇好，就让我们去防空洞种蘑菇，蘑菇长好后，发给职工吃。这事给我印象很深。"

现在，退休后的戴桂茹说自己是退而未休。因为她退休后不断参与各种公益活动，无论是汶川地震，还是北京奥运，她多次捐款并担当志愿者，奉献自己的爱心。

刘保京是戴桂茹的同班同学，1970年响应号召成为内蒙古生产建设兵团的一名兵团战士，在她离开北京之前，她俩特意去天安门广场留下了这张合影。

戴桂茹　刘保京

1970

戴桂茹　刘保京

2009

"纸老虎"三个反字泅过来正好印在毛主席的脑门上

邱崇禄，1955年生于北京。1975年北京六十六中高中毕业去京郊大兴插队落户。两年半后赶上恢复高考，1977年考入北京一所大学，毕业后分配到原冶金部下属的一所设计院从事设计工作。在设计院工作十余年后，调入一家中美合资企业从事古典家具的研究开发工作。现在是北京水利系统的一名工程师，业余时间酷爱北京人文地理的研究，这些年发表了许多文章。

邱崇禄说："照片上的小妹妹叫邱云，生于1961年，北京一八一中高中毕业，招工进入北京某厂工作。1998年在改革转型中，所有的工厂都经历了时代的风雨磨砺、社会改制的阵痛，该厂也不例外。最终，该厂也被开发商买走建成了小区，职工自谋生路，邱云也只好到别的公司打工。大妹妹叫邱贵珍，原来是北京一家食品厂职工，这厂过去很大，也很火，北京市场上卖的很多食品都是这个厂生产的。改革开放后，这个厂子和小妹所在的工厂一样也倒了，后来没了工作，她和丈夫开了个小公司做礼品，聘几个人给她跑业务，生意还不错。"

我说北京有那么多国有企业倒闭，你研

邱云　邱崇禄　邱贵珍　王玉岑

1970

邱云　邱崇禄　邱贵珍　王玉岑

2009

究过没有。他说："很简单，因为在经济改革大潮的转型期，一些企业在如此迅猛的改制中，传统固有的观念使其固步自封，很难迈出一步。传统的管理模式和落后的经营模式使企业背上沉重的包袱，加上人员众多，人浮于事，在汹涌澎湃的改制浪潮强烈冲击下，又畏手畏脚，显得无所适从，极不适应，因而倒闭也就是迟早的事了。另外，北京人的传统意识束缚了他们的手脚 —— 容易满足，不肯付出努力和创新 —— 千年皇城子民的风气造成了狭隘的地域观念，不肯屈就，大事干不来，小事不愿意干，总觉得老子天下第一，想当爷，但又没爷的能力。为了要爷的面子，有的人弯不下腰，有的人拉不下脸，所以除了能侃，干什么都不行。这就是在外地人行色匆匆之中，坐在路边一圈圈打牌的都是众多北京人的原因。这种人一多，企业不倒闭才怪。"

我问他当年为什么去天安门照相。他说："我哥哥当年在新疆当兵，我姐姐在东北当知青，他们都来信要照片，我妈妈就把我们带到天安门广场照了一张相。当时我妈妈要去照相馆照，还说照相馆照得庄重，我坚持要到天安门，觉得天安门是祖国的心脏，是全国人民向往的地方，是伟大领袖生活和居住的地方。虽然那时候很幼稚，但现在看来还是在天安门照相更有时代特色，这就是这张照片的来历。"

我问他爸爸为什么没去天安门照相。邱崇禄说："记得好像是1970年9月的一天，不知哪国元首来北京了，当时毛主席和几个老外站在迎客松巨照前面照了张相，登在了《人民日报》上。结果照片背面的文章里有"纸老虎"三个字，可能是油墨重了，"纸老虎"三个反字洇过来正好印在毛主席的脑门上。这在当时是重大政治事件，从总编一直追查到车间。我爸是《人民日报》印刷厂排字车间主任，负有不可推卸的责任，反复挨批、写检查。这成了他刻骨铭心的生活记忆。那种身心俱疲、巨大的精神压力，我们如今是很难体会到的。那些日子，我爸和他的工友们都不允许回家，要背靠背揭发交代问题，不可能和我们一同去天安门照相。"

母亲给我俩留下了珍贵的纪念

马洁，1961年生于北京。马刚1964年出生。他们的父亲是教育工作者，母亲是工人。

马洁说："1970年'五一'那天，为了节省几毛钱的路费，母亲竟然骑车二十多公里，带我和弟弟从大兴黄村来到天安门广场照相。当时只给我俩照了一张合影，母亲没舍得照。记得那天照相，我站得很规矩，但弟弟却对照相丝毫没有兴趣，最终母亲发火了，他才不情愿地提出条件，说照相可以，但要把帽檐卷弯，说要像王国福一样。王国福是大兴农民，他当时是全国人民艰苦奋斗的榜样，他的事迹是'一分钱掰成两半花'，在全国很有名。母亲只好随他的意愿，让他卷了帽檐，母亲给我俩留下了珍贵的纪念。母亲说我小时候很乖，很早就学会了做饭、做家务。那时父亲常年下乡，照顾和教育我们的责任都落在母亲一个人身上。弟弟小时候很淘气，经常是上午学雷锋做好事，下午就和同学打架。长大以后，我从师范院校毕业当了教师，后来又学习经济管理进入银行工作。弟弟毕业于警官学院，成为一名合格的警察。"

将近40年过去了，当年的孩童已人到中年，伴随着共和国共同成长的马洁和马刚姐弟俩也经历了很多变化。马洁说："现在房子越住越大，汽车越换越好，生活越来越富裕。当我们不再考虑去天安门照相要花多少钱的时候，母亲却老了，而且不久前刚刚离开这个世界。当我们姐弟俩再次来到天安门前面对镜头的时候，我首先想到的就是小时候母亲骑着自行车，大汗淋漓地带我们来天安门广场照相的情景，好像又听到了那次照相时，母亲让我和弟弟'靠近点儿，再靠近点儿'的声音。勤劳善良的母亲培养了我们，每当想起母亲，我总是不由得流泪。好在父亲还健在，能够继续感受我们在工作和生活中的快乐。"

马洁开朗，马刚内向。但今天给我最大惊喜的却是马刚，没想到我俩竟然是同年同月同日生，这在我的生命中还是第一次遇到。

永远忠于伟大领袖毛主席！

天安门留念
北京1970

马洁　马刚

1970

马洁　马刚

2009

北京天安门留影 1970国庆

乔晓丽

1970

乔晓丽

2009

即便是在家人面前也不能随便乱说

乔晓丽，1952年生于山西省太原市一个革命军人家庭。1968年太原育英中学毕业，1969年参军入伍。经过军校一年的集训，分配到北京某部从事机要工作。她的父亲早在1938年就加入了薄一波领导的"牺盟会"，并在太岳区抗日根据地坚持抗战，经历多次战斗，之后参加了抗美援朝，再后来进入解放军政治学院学习，并获罗荣桓元帅签发的毕业证。

乔晓丽说："我父亲17岁那年突然离家出走参加了革命，我爷爷找了三年才知道他的下落。母亲15岁担任村妇女队长，积极组织支前工作。1945年离家参加革命，组织安排她去上师范学校，成为一名革命干部。最终受父母的影响，我也成为一名军人，而且在特殊的工作岗位上多次立功受奖，没有辜负父母的期望。"

乔晓丽和丈夫刘全锁一同在天安门接受了我的拍摄。刘全锁1952年生于一个国防军人家庭。受父亲的影响，他初中毕业就参军进了部队，站岗、放哨、上军校，最终成为某部的一名领导干部。他所负责的部门多次被评为总部的"十大标兵"单位。

一晃几十年过去了，乔晓丽已经告别了35年的军旅生涯，刘全锁还在继续为国家和社会奉献着自己的力量。当我向刘全锁了解他的工作状况时，他说："我们的工作一切都是保密的，不仅不能在媒体上公开报道，也不能对外随便乱说，即便是在家人面前也不能随便乱说，纪律非常严格。"

不该问的不问，不该说的不说

马惠云，1962 年生于上海。1967 年随父母工作调动来到北京，先后在北京宣武区二府小学和六十六中读完了小学、初中和高中，1978 年高中毕业。1980 年进入中国工艺美术公司工作，1999 年辞职创办北京圣宾书店，几年后开始投资股票交易。现为职业股民。

马惠云回忆说："我和陈桂苓、周金华、何俊霞都是土生土长的北京人，也都是回民，从小住在宣武区的牛街。上小学时我们就是同班同学，好像是三年级的时候，不知是陈桂苓还是我，提出一起去天安门照张相。当时大家很高兴，我们各自回家穿上了的军装，扎了武装带，拿了《毛主席语录》，戴了统一大小的毛主席像章，一起去了天安门。那时候只有照相的钱，没有坐车的钱，我们一边唱歌，一边捡冰棍棒，很快就走到了天安门广场。当时照相还要排队，照之前我们都很紧张，害怕自己照不好。照完相之后有个老外追着给我们照相，吓得我们赶紧跑。那时候老外很少，他的蓝眼睛、黄头发感觉就和鬼一样。过了几天我们拿到照片时，大家都很高兴，因为我们站得很整齐，照得也很自然。一晃几十年过去了，至今我们还经常在一起。看看现在的照片，我们真是老了，好在大家生活还不错。"

陈桂苓说："那时候我家是北京铁路局的。我 1978 年高中毕业，1980 年进铁路局工作。每月工资 18 元，最早我是走车的，也就是你们说的列车员。那时北京到广州卧铺票才 63 块钱，现在好几百块。我在北京至广州的 47 次上走了整整 5 年。1986 年我调到专运组，专运组的车就是专列，是专门为领导人服务的，有时也为国宾服务，车上洗澡间、双人床、会议室都有，条件非常好。我们那时有一条很严格的规定就是'不该问的不问，不该说的不说'，有时车上是谁我们也不知道，活动完了才互相说说，但是对外从来都没有说过。不过那些领导人现在基本都退休了，有的已经去世了。走了 5 年专列之后，1990 年我调到北京站当售票员、搞客运，干了 9 年，去年退休。退休后参加了'夕阳秀'老年艺术团，我们舞蹈队去年还去香港参加比赛获了奖。"

40 年后的今天，她们虽然已经人到中年，但都有各自的幸福生活：马惠云的女儿在日本留学，陈桂苓的儿子在首都师范大学读书，周金华和何俊霞的孩子也不逊色。时常，四个人总会找个理由聚聚，一起去看看小学老师，一起吃吃饭，一起再去天安门照照相，总有说不完的话。

马惠云　陈桂苓　周金华　何俊霞

1970

马惠云　陈桂苓　周金华　何俊霞

2009

张玉凤　董军　王燕华　姬桂霞　温中瑜

1970

张玉凤　董军　王燕华　姬桂霞　温中瑜

2009

我们二十七年没有见面了

王燕华，1954年生于北京一个干部家庭。在她读小学五年级时，文化大革命爆发，使她失去了学习文化知识的机会，她积极响应毛主席号召，备战备荒、挖防空洞、搞大批判，4年的时光匆匆而过。

王燕华说："1970年7月，我从北京一一三中学毕业，分配到北京重型电机厂工作。在那样一个时代，能当上工人是件无比自豪的事情。经过一个月的培训学习，分到线圈车间当工人。当时我们几个分到同一个宿舍，关系很好。一发工作服，我们几个就去天安门前和人民英雄纪念碑下各照了一张合影。27年过去了，由于大家工作变动，彼此早已失去联系，但这张照片我始终保存得很好。"

王燕华没想到的是，几十年后这张照片使她们重逢。她说："当我在《北京晚报》看到征集天安门老照片的时候，赶紧翻出这张照片，通过网络、电话以及原单位劳资科的帮助，很快就找到了她们几个。大家一起吃饭、聊天，张玉凤还开车拉我们重游天安门，高兴极了，毕竟我们27年没有见面了。通过聊天我才知道1982年我调往北京肉联厂销售科之后，张玉凤也调到了中国外文出版社发行事业局。后来她自考上学，还获得了大专文凭，而董军和姬桂霞一直没有离开工厂。

由于我们线圈车间是有毒有害工种，所以她俩45岁就办了退休手续。现在，我们都已退休，有合适的工作就在外面干点儿，没合适的就锻炼锻炼身体，到处玩一玩，悠闲自在。"

王燕华还在工厂的时候，就积极要求进步，入团、入党、当班长、当先进，响应号召晚婚晚育，处处跟党走。随着"文革"结束，她边工作、边读书，不仅获得大专学历，通过考试还拿到了会计证，所以一次次改革和下岗，都没有涉及到她。直到2004年企业倒闭、解散，她依然找到一份很不错的工作，这正是她当年勤奋学习的结果。

一家人对生活较为满意

顾玉婵，1956年生于北京一个知识分子家庭。1975年北京二中高中毕业赴顺义南彩公社插队落户，养猪、养鸡、种地，忙碌了将近三年。1978年招工进入北京动物园维修队当工人，几年后又成为园子里一名无照驾驶的翻斗车司机。

顾玉婵说："当了一段泥瓦工后，师傅派我学开车，好几年我一直在园子里开翻斗车，也没出过园子，也没有驾照，因为园子里也没有警察。1982年我调到票务队，刚开始在爬虫馆，里面有蟒、有蛇、有龟，还有娃娃鱼和好几十种珍稀动物，为了控制流量，爬虫馆一直是单独售票。1980年，我又调到大门口收门票，相对比较辛苦。因为北京动物园有着一百多年的历史，也是全国最大的动物园，每年都有好几百万人参观。那时我是班长，上午收票，下午还要负责收款，每天都很忙。我刚去的时候，一张门票一毛钱，现在是一张十块钱，参观的人照样很多。门票涨，工资也在涨，刚去动物园的时候一个月37块钱，后来涨到2000多块钱。所以生活水平越高，旅游参观的人就越多，在动物园工作也就更忙。"

退休后的顾玉婵心态极其平和，对社会、家庭、孩子都比较满意。她说："我2006年退休后一个月拿1800多元，虽然收入减了不少，但花销也不大。女儿从北京理工大学毕业后考上了公务员，有了一份稳定的工作，等于我们现在也没有什么压力了。我喜欢打乒乓球，现在除了上网打游戏和出去打打球，就是回家看看老人。现在不像过去，过去不挣钱还搞运动，搞得人心惶惶。我爸爸过去是电力工业部的教授级高工，由于出身不好，批斗、抄家、撬地板，我家都经历过。至今我还记得红卫兵来我家对我爸爸喊：'老实点！不老实就白刀子进去红刀子出来。'尽管爸妈出身不好受歧视、受侮辱、受批判，但老两口还不停地写思想汇报和入党申请，双双要求入党，而且还教育我们要听党的话，要入党。至今老两口还经常参加社区举办的一些活动，主动捐款、捐物，救助灾区。"

顾玉婵向我提供了两张老照片，一张是1970年她自己举着红宝书在天安门前的留影，还有一张是1969年大哥顾之荣去东北兵团之前，兄妹四人的合影。如今，大哥顾之荣是西安供电局的高级技师，二哥顾之煌在一家民营企业工作，弟弟顾之平军校毕业后在总参谋部工作。父亲83岁，母亲81岁，一家人对生活较为满意。

顾玉婵

1970

顾玉婵

2009

北京天安门留影 1970.12

高桂珍　高莹

1970

高桂珍　高莹

2009

我还是八个网吧的义务监督员

高桂珍，1943年生于河北省吴桥县。1949年随父母来到北京，毕业于北京第二师范学校。1959年参加工作，小学高级教师，1998年退休。

高桂珍从事教育工作30余年，退休后一直还在培养青年教师和教授小学生思维训练课程。积极参与社会公益活动，先后义务担任6年社区党支部委员，参加了北京市"五老"队伍的义务活动（"五老"是老干部、老专家、老战士、老教师、老模范）。她说："至今我还是八个网吧的义务监督员。2009年我还被评为北京市文化市场优秀监督员。"

我问高桂珍的家庭情况。她说："我家现在四世同堂，父亲早在抗战期间就以一名进步学生的身份参加了革命，退休前是中国政法大学的教授，也是中国第一批硕士研究生导师。母亲早年追随父亲参加革命，离休于河北师范学院。"

对于几十年的生活变化，高桂珍深有感触。她说："从20世纪60年代的缺吃少穿、漂泊不定到现在的生活相对富裕，兄弟姐妹们每个人的家庭都很幸福。这中间经历的风风雨雨和大小事情，确实不是三言两语能够说清的，这一切都凝聚了父辈和我们这一代以及后辈们的汗水和努力。我现在的最大愿望就是家庭和睦，体贴和照顾好老人，关心孩子们的生活，让自己的晚年生活更加丰富更有意义。"

高莹，高桂珍之妹，1953年生于北京。1969年初中毕业成为黑龙江五大莲池建设兵团的一名兵团战士，1975年分配到北京造纸厂工作。她说："最早的时候，我们厂的效益很不错，因为那时候写大字报用纸多。'文革'结束不让写大字报了，我们厂的效益也就下来了，后来我去了北京计算机二厂从事财务工作。"2003年，高莹从财务经理的岗位上退休，因其丰富的财务管理经验和严谨的工作作风，被多家企业聘请为财务管理顾问。

要不是周总理说话，我还回不来

米南阳，1946年生于一个书香世家。早在1964年他就进入北京友谊宾馆工作。"文革"期间遭受迫害，并被送往新疆劳改7年，在此期间经受各种磨难，数次大难不死，有幸活着回到北京。他的书法作品多次在国内外获得大奖，在北京乃至全国各地的政府、军队、大学、企业、剧场、寺庙等，到处可以看到他题写的牌匾和作品，人民大会堂、中南海、钓鱼台等多所重要机构都收藏过他的作品。

米南阳说："在我很小的时候父亲就对我说，你姓米，必须把字写好。我当时并不理解他说的是什么意思，后来我才明白，我家祖祖辈辈都喜欢书画，传到我这代已经是第27代。我家哥儿四个，姐儿三个，兄弟姐妹一共七个，我父亲就这还嫌儿子少，他害怕香火断了。我儿子米湃很小的时候，他就让孩子开始练字，所以我儿子的书法作品6岁入选联合国艺术节，10岁就在央视春节文艺晚会上现场书写'全家福'。我儿子本科是在北外上的，研究生是在中国传媒大学上的，比我小时候有出息。"

说到他的不幸时，米南阳说："我20岁正好赶上'文革'，那是我最要强的时候。当时我是我们单位的团总支书记，有一次我跟我认为最好的一个朋友说毛主席博览群书，他的诗词

里引用了很多典故，而且用得恰到好处，对诗词是一种升华。结果，没几天那家伙突然就在我们职工食堂门口贴出一张题为《揪出思想反动分子米南阳示众 —— 米南阳说毛主席诗词全是抄的》的大字报，结果很快就给我制造了一大堆黑材料。1966年7月6日通知我第二天早上开会，我整整一宿没睡，写发言稿。结果刚到会场我就觉得不妙，因为有很多警察站岗，他们突然宣布我是反革命，开除团籍、开除公职，批斗后押出会场。1966年8月6日，我被押送去了新疆火焰山下。在真枪实弹下被侮辱半年后，我们这事被造反派闹到陈毅那里去了，因为当时友谊宾馆属于外交部，归陈毅管。陈毅把友谊宾馆的事情反映给了周总理之后，总理也说我的事情应该平反。要不是周总理说话，我还回不来。"

比米南阳小18岁的妹妹米艳玲说："我1963年生于北京。高中毕业进入北京地毯厂工作，先后在多家机构供职，最近刚刚办完内退手续。我爸虽然是老中医，但一直学书法，所以我家兄妹七个从小都爱好书法。我大哥、二哥、三哥他们三个写得最好，就连我妈都写字。今年我妈过92岁生日的时候，还给在场的家人南阳、北阳、正阳和亲戚朋友每人写了一幅字。"

米南阳　米艳玲

1971

米南阳 米艳玲

2009

北京天安门留影 1971.5.1

张凤琴　张凤玲　唐红滨　孔祥杰

1971

张凤琴　张凤玲　唐红滨　孔祥杰

2009

我们那时候可不像现在的年轻人抱一起都敢照

张凤琴，1947年生于北京一个工人家庭。1966年毕业于北京幼儿师范，成为北京高校毕业生进入山区执教的首批山村教师之一。在那个艰苦的环境中，她经历了各种考验，也尝到了美好的初恋。10年后，她终于带着自己的孩子走出大山，离开了陪伴自己整整十年的那座古刹小学。

张凤琴上中专的时候正好赶上"文革"开始，他们学校被改成了北京代代红学校，那时同学们都很革命。1966年11月20日，她和同学自发组织了一个长征队，从北京出发，背着行李沿着革命先烈的足迹，一路上朗诵毛主席语录，唱着"下定决心不怕牺牲"的语录歌，登陀峰顶，缅怀狼牙山五壮士的英雄事迹；登上虎头山，学习陈永贵战天斗地的的革命精神；夜宿云周西村，拜访刘胡兰烈士的家人。徒步55天终于到达革命圣地延安。在延安的几天里，他们在毛主席住过的窑洞里表忠心，在张思德墓前深入学习《为人民服务》，在象征中国革命的宝塔山下合影留念。结束延安行之后，七人组成的长征队开始分头行动，张凤琴独自一人继续徒步向西安进发。到达西安之后，她发现大街小巷贴满了复课闹革命的布告，于是她迅速赶乘火车回到北京。

张凤琴说："1967年底，我分配到门头沟区齐家庄小学任教。

那时从西直门坐火车再转长途汽车，走四五个小时才能到。我们学校在一座庙里，复式教学，条件很艰苦，十年后我才调到石景山教师进修学校工作，还当了几年幼儿园园长。后来因为在山里得了风湿，病情越来越重，1995年我还不到50岁就提前病退了。"

我问张凤琴对天安门的感受。她说："我从小在北京长大，尤其是国庆十周年的时候我还在天安门的华表下演过节目，亲眼看见毛主席向我们招手。很多年我一直没有远离过天安门，过去经常去玩，我对天安门有很深的感情。1971年那次照相我和孔祥杰还没有结婚，当时我不好意思挨着他，所以特意让我妹妹抱着外甥女站在我们中间。我们那时候可不像现在的年轻人抱一起都敢照。时代不同了，一切都变了。"

几十年过去了，张凤琴和孔祥杰以及妹妹张凤玲都已退休。张凤玲曾在北京半导体器件研究所辛勤工作二十余年，唐红滨几年前嫁给一个香港人并成为两个孩子的妈妈，生活较为富裕。

腐败正在挖其墙角

张国珊，1925年生于北京房山县琉璃河镇。其父是一位开明爱国农民，不辞辛劳，供其三子一女全都上了大学，并教育他们好好读书，报效祖国。

张国珊说："我早年就读于北京潞河中学和汇文中学，1945年高中毕业后考入北平朝阳大学法律系，1949年毕业。当时朝阳大学已经改为政法大学，校长是谢觉哉。毕业的时候，我突然觉得大学几年尽闹学潮了，没有学到足够的知识，同年我又立即考入北京交通大学。收到录取通知后我还特意去请示谢校长能否再去深造，他说：'好啊！现在国家百废待兴，需要很多人才，我非常支持你去深造，还需要什么手续吗？'就这样我又进了北京交通大学继续读书。在交大上了三年之后，因为国家急需人才，我们这批人提前一年毕业，把我分配到了长辛店铁路工厂工作。那时候中国还不会造车头，所用机车都是多国制造的破烂货，直到大跃进的时候，我们才造出了第一代的解放型车头。"

在中国铁路工业建设中，张国珊摔打了三十多年。他不计个人得失，克服种种困难，无论是在蒸汽车还是内燃机车的生产过程中，他都起到了积极的推动作用，为中国的铁路发展贡献了毕生的精力。在任期间，他先后担任过该厂生产处副处长和高级工程师，掌管着六七千人的生产计划。他认为自己的一生，不仅对得起当年的入党誓言，也对得起父亲早年对他的教诲。

看着当年的老照片，张国珊说："那时候我家住得离天安门比较近，每逢节日必去天安门拍照。一到天安门好像就能听到毛主席的声音，立即精神振奋。"从开国大典到历年的国庆和五一大游行，张国珊几乎每年都参加，因此，他和天安门有着一种特殊的感情。他认为全家人每次去天安门前照相，不仅是感情的交融，也是对共产党亲情的表露。不过他还补充说道："天安门虽然是新中国的象征，但腐败正在挖其墙角，如果中国能够把腐败根除掉，老百姓的日子就会更加好过。"

张国珊的老伴凌冠群早年毕业于美国基督教牧师富善创建的北京富育女子中学，1949年她考上南下干部培训团并参加了革命工作。她说："我1980年就离休了。我的三个孩子老大叫旷怡、老二叫振宇、女儿叫毅民，有教书的，有做财务工作的。一家三世同堂，生活十分美满。"

北京天安门留影 1971.春节

张国珊　凌冠群　张毅民　张旷怡　张振宇

1971

张国珊　凌冠群　张毅民　张旷怡　张振宇

2009

北京天安门留影 1971.元旦

杨芳　宫立新　张莉

1971

杨芳 宫立新 张莉

2007

那时去天安门也是一种流行

张莉，1952年生于北京一个高级知识分子家庭。北京一零一中学六八届初中毕业生。1969年随哥哥张大力赴陕西省延长县安沟公社王良沟大队插队，不料她的哥哥为民殉职，并被追认为中共党员，永远留在了黄土高原。1974年张莉带着惆怅回到北京。

张莉在农村插队5年，教了4年书，而且是她一个人教着6个年级的四十多名学生，全村学龄儿童入学率达到了100%。她插队回来进入北京勘察设计院工作之后，一边工作一边读书，用5年时间学完了大学工民建的全部课程。毕业后回到原单位在一线干了整整10年，北京饭店、贵宾楼、赛特广场等很多重要项目都由她担任工程主持人，还有中国工商银行总行和很多大项目她都是主要的参加人，十年间做了数百个项目，并多次获得国家级和部级优秀工程奖。前十年她主要做工程，后十年主要做科研，一直为本单位奋斗到退休。

杨芳，1951年生于北京一个干部家庭。北京三十六中学六七届初中毕业生。她的祖父早在20世纪20年代就加入了中国共产党，她的父亲13岁便奔赴延安参加革命，于是在她很小的时候，父亲就经常给她讲延安的故事。1969年杨芳响应号召踏上了父亲当年走过的路，去延安接受贫下中农再教

育。1972年经推荐上了西安外国语学院英语系，毕业后分配到太原机车车辆厂子弟中学任教。1985年回京调入北京市监狱管理局工作。2006年退休。

张莉说："我和杨芳、宫立新那次照相并没有什么特别的意义，只是我们都在一起插队，关系很好，那年又正好赶上一起回北京，所以就约到天安门照了一张相。当时在天安门照相是一件很时髦的事情。那时特别是有什么值得纪念的事情，或者和家人朋友相聚，与家人朋友分别的时候，大家都要去天安门照相。那时去天安门也是一种流行，除了具有一定的政治含义，再就像现在的年轻人去酒吧和歌厅聚会一样，很时髦。"

上不传父母，下不传妻儿

齐策华，1929年生于河北省蠡县大曲堤乡曲堤村一个农民家庭。1945年的一天，本村齐家庙堂高小的王老师把几个出身和表现好的同学叫到一起问："你们恨日本鬼子吗？"几个同学齐声高喊："恨！"老师又问："你们敢不敢打鬼子？""敢！""怕不怕死？"他们依然高喊："不怕！"随后老师推荐他和另外几个同学秘密加入了共产党，给每人发了一颗手榴弹挂在腰间。1946年他们四位同学一起带着党员关系进入河北九中，参加地下党组织工作。同年10月参军到冀中军区无线电训练队，孙毅司令员给全队做了解放战争动员报告。

齐策华的老伴赵文慈说："他的耳朵让无线电弄坏了，你要问什么我给你说吧。他16岁就当了小八路，后来在聂荣臻的部队当无线电报务员，就和《永不消逝的电波》里孙道临干的活一样。他参加了打天津、打石家庄，那时他耳朵可灵了，一听就能分出哪家电台发出的信号。戴耳机年头太长了，现在耳背得很厉害。"

我问他们什么时候结的婚。赵文慈说："1956年，结婚的时候只知道他是军人，其他一点不知道。不管问他什么，他总是守口如瓶一句都不说。直到他用的那些家伙什儿作废了，

人家都用电脑了，才给我说他入党、参军、做机要的时候，先后三次宣誓'要生在部队，专在部队，在部队开追悼会'，还要'上不传父母，下不传妻儿'。他们的纪律很严格，在地方上找对象必须出身要好，是党、团员才行。我是1950年在天津武清上师范时入的党，当时我一心想找个解放军，觉得找解放军最光荣，正好有人介绍，我们就结婚了。"

我问她齐策华现在是什么级别。赵文慈说："他这辈子受了不少罪，吃了不少苦，也吃了不少亏。他正派，什么事都不和别人争抢，他四出五入北京，15年在边疆，按说最起码应该正师，现在只是副师，和他一起参加革命的基本都是军级，就他最低。第一次进北京是1949年1月进城，4月就南下剿匪，1953年才回的北京。我们在北京结婚，生了女儿齐培鸣。第二次出北京是1958年，女儿刚一岁，他就去了青海格尔木建军营，彭德怀还去看过他们。他住帐篷、过冰河，差点把双脚冻掉，他母亲去世的电报三个月后才收到。我们两地分居6年他才回来，回来时间不长就赶上了文化大革命，接待红卫兵、去西单制止武斗、去郊区支农、到西城支左，好几年都在外面跑。第三次是为了备战备荒，林彪下命令，1971年全家去了新疆石河子农八师，那次进疆是专列，满满一火车都是军人和家属，户口也都转去了。待到1975年邓

小平说了一句："机要人员怎么能在边疆呢？！"我们就又调回北京。第四次是1980年又被派往齐齐哈尔附近的红丰农场当政委，两年后调回来。到离休时，他的军龄正好40年。"

齐培鸣说："我和弟弟都子承父业当了兵。他在部队上完学又工作。现在我退休了，弟弟也转业到地方工作了。我妈19岁就当了小学校长，退休的时候是红星小学的校长。现在爸妈没事时就写写东西，我把他俩生日互赠的顺口溜用篆字装裱在客厅里，一幅是'园丁育苗数十载，桃李芬芳四海全'，另一幅是'名利职位全不顾，念念不忘党恩情'，两个人跟着共产党走了一辈子。"

天安门留念
北京 1971

赵文慈　齐晓旗　齐策华　齐培鸣

1971

赵文慈　齐晓旗　齐策华　齐培鸣

2009

北京天安门留影1972.6

于丽华

1972

于丽华

2009

我们基本不去天安门

于丽华，1971年生于北京。她先后在华北油田职工子弟学校、北京一五八中就读小学、初中。1990年毕业于北京市西城区幼儿师范学校，同年9月进入中国石油天然气总公司幼儿园工作，现在中国石油技术开发公司从事档案管理工作。

我问于丽华出生在一个什么家庭。她说："我的父母都是学石油地质的，他们同年同月生，上大学又是同一个专业，大学毕业都分到了石油系统工作。很多年我一直跟着他们在全国各地跑，有时他们忙不过来就把我放在北京姥姥家。印象中跟着他们到河北、河南、黑龙江、辽宁等地都去过。听我母亲说，最多时一个月搬过七次家，没有房子住，经常住帐篷、吃凉饭。因为他们是做地质勘探工作的，所以经常做先头部队。野外工作条件很艰苦、很荒凉，好多年都没有一个稳定的家。"

我问她小时候跟谁去的天安门。她说："当时我还不到两岁，我父母从华北油田回北京探亲时带我去的天安门。那时候我跟着姥姥在北京生活，父母每次回来都会带我出去玩。当时自己家也有照相机，给我留下很多照片，其中不少是在天安门广场照的。"

我问她现在还去不去天安门广场。她说："基本不去，工作很忙，孩子上四年级，学习也紧张。只有2007年的时候，我母亲说她没去过毛主席纪念堂，让我陪她去看看毛主席。结果去之后，纪念堂下午不上班，就没看到毛主席。2008年，我母亲又说想去纪念堂看看毛主席，我们全家又陪她去了一次，那次终于实现了母亲的愿望，她很高兴。好多年了，就去过这两次，都是去纪念堂。现在的节假日，我们基本不去天安门，因为那里游客太多，也没有什么可玩的地方，包括中山公园也都是旅游的人，坐都没地方坐。我们要是想玩就去郊区玩，空气也新鲜，风景也漂亮，有时候吃吃农家饭也很有特色，不像旅游区那么喧闹、拥挤。"

1972年于丽华还是个一岁多的孩子，现在于丽华的孩子已经9岁。想当年是父母带着她去天安门广场玩，现在是她带着父母去郊区玩。

我把最美好的时光都给新疆了

李翠玲，1948年生于天津一个普通工人家庭。1965年初中毕业后，随同850名天津青年，从天津乘坐七天七夜的火车硬板和四天四夜的卡车到达新疆生产建设兵团，成为塞外支边建设的普通一员。

李翠玲说："刚到那儿，我还没满18岁，拿童工的工资，每月只有28.75元。那里生活条件很艰苦，吃的是玉米面，住的是地窝子，干的是繁重的体力活儿。刚开始时挖地窝子、挖水渠，后来种地、开拖拉机，还担任过'铁姑娘排'的排长。由于我的工作出色，干了4年之后，我被选拔为小学老师。几年后又进了农五师教师进修学校文科班学习，中师毕业后一直在新疆博乐县教书，我把最美好的时光都给新疆了。"李翠玲辛勤工作20多年，在新疆获得多种荣誉，早在1987年就被破格晋升为高级教师。

李翠玲的先生也是天津知青，他们共同度过了艰难岁月。她先生1986年顶替其父工作回到天津，李翠玲1988年带着两个孩子调回阔别23年的天津。前几年退休后，李翠玲很快便被一家私立学校聘去任教，继续从事教育工作。

李翠玲看着自己的老照片告诉我："1972年我第二次从新疆回天津探亲路过北京，特意到天安门前拍下了这张照片。当时我才24岁，穿着墨绿色的卡一字领两用衫，裤子是母亲做的当时最流行的的确凉瘦腿裤，脚上穿的是很时尚的丁字皮鞋，肩上背着装有红宝书的小书包，那年头我也算是朝气蓬勃的一代了。"

前几年，李翠玲迷上了摄影，还加入了中国民俗摄影协会。为了拍照片，这些年她去过山东、广西、新疆、吉林、安徽、浙江、云南等很多地方。在女儿的帮助下，将摄影作品在电脑上进行后期处理，并且做成带有文字和音乐的电子相册。有时亲戚朋友聚会、孩子结婚，她就主动担当起摄影师的工作，给自己退休后的生活增添了很多乐趣。

北京天安门留影 1972.5.1

李翠玲

1972

李翠玲

2009

把美国造的一架侦察机打下来掉到了通县西集镇

刘金娣和刘金才都是1938年出生。他们分别生于浙江宁波和江苏武进乡下，由于家境贫寒，她5岁那年被武进县湖塘桥镇做小买卖的刘全泉和徐良夫妇抱养，取名刘金娣。刘家为了避免女儿孤独，两年后他们又在乡下抱养了一个7岁的男孩，取名刘金才。从此，他俩既像兄妹，又像姐弟，和养父养母相依为命。

刘金娣说："我们的父母非常非常好。那时他们开一个油盐酱醋的杂货店，省吃俭用供我俩上学，就和亲生的一样。我和金才同岁，从小互相帮助，互相照顾，关系也好，父母很高兴。1956年我从湖塘桥求实中学初中毕业后考上了南京无线电学校，他1957年当兵到了北京。没想到我1959年毕业后也分到北京电子管厂当技术员，等于我俩又到了一起。我们都到北京后，父母突然要求我俩结婚，而且催得很紧，不结婚的话就总跟我俩发脾气。我俩为了让老人高兴，最后决定结婚。1962年最困难的时候，我们办了结婚手续。我们从小一起生活长大，也都了解自己的父母不容易，所以结婚的时候什么都没买，非常简单。结婚后父母再也不生气了，而且很高兴，常来北京看我

北京 天安门留念
一九七二

刘金娣　徐良　刘金才　刘红　刘立新

1972

刘金娣　刘红　刘立新　刘金才

2009

们，一住就是半年，等我们有孩子后父母更加满意了。母亲喜欢北京，父亲恋家不愿来北京。1979年老父亲去世后我们把老母亲接到了北京，直到多年后母亲去世。现在我们一家8口人，女儿在保险公司工作，儿子在北大医院上班。我现在老年大学学电脑，这几天学的是会声会影软件，包括photoshop处理照片、发邮件、QQ聊天也都会，所以我的晚年生活很快乐。"

刘金才说："金娣1956年去南京上学后，当时我们家很困难，1957年我初中还没毕业就到当地供销社参加了工作。第二年开始征兵，结果不知为什么部队不让我去，等新兵走的那天，一个小子突然跑了，不去当兵了，征兵的就来找我，让我顶那小子去当兵。我说顶就顶，给我补发了一身旧军装当了兵。当时给我们三百多名新兵发的军装和帽子都是志愿军穿过的旧衣服，有的上面还有血斑。1957年1月9日从常州坐着闷罐车出发，一路上走走停停，走了七天七夜才到北京。在慈云寺庙里训练了三个月之后，才给我们发了新军装，把我分到北空当了通讯兵，七八年之后我提了干。1959年10月7日在北京通县打下来那架美国U2侦察机就是我们雷达发现后，告诉543部队打下来的。那时美国支持台湾，他们的飞机总是偷偷摸摸来北京上空侦察我们的情况，晚上没有月亮的时候还在北京低空飞行，有时还撒传单，非常坏。其实他们每次来，我们的雷达都能发现，后来毛主席发脾气说：'还敢来北京！'命令543部队一家伙发了3颗地对空导弹，把美国造的一架侦察机打下来掉到了通县西集镇。后来在别的地方也打下来几架美国王中王侦察机，他们再也不敢来了。毛主席还接见了543部队，《北京晚报》上也介绍过。1978年我转业留在北京，又和她分到同一个厂工作，这辈子真是有缘。"

我问他们现在还去不去天安门。刘金娣说："有活动就会去。庆祝澳门回归的时候，我们和孩子还去天安门广场照了很多相。有一次厂里组织优秀党员登上天安门城楼，我们也照了不少相。也许我们住在北京不觉得什么，但在天安门前留影，是很多人毕生的向往。"

至今我还记得当年站在天安门广场照相时那种激动的心情

李晓丽，1960年生于北京一个干部家庭。"文革"开始那年，她进入北京东交民巷小学读书，当时大人们没日没夜地搞大批判，孩子们没人管整天野跑，她却以搜集各种颜色的传单为乐。好在后来中国教育恢复正常，1980年她从北京二十七中考入北京师范大学中文系，1984年毕业分配到中国青年出版社工作。

李晓丽工作25年来，编辑出版了数百种图书，其中《一代伟人周恩来》《生命大解密》被评为第十三批全国优秀畅销书，《人生的求索》《进取心理探秘》《学会生存》获得全国优秀青年读物一等奖，《摆渡人生》《甘霖智慧丛书》《家庭情感沟通系列》《人生世事来回想》等多部系列丛书，先后在第七届全国优秀青年读物和第十二届上海中小学优秀课外读物中获奖。她本人还曾获得团中央直属机关优秀女职工称号。她一再说自己的生活太平淡了，很多做过的事都不记得了。风风雨雨近50年，就这么让她一笔带过，真不知道是过得洒脱，还是活得简单。她说起表哥表妹，满是亲切，说自己只有一个比她大8岁的姐姐。姐姐15岁就去东北插队了，她小时候很孤单，放假了就去河北乡下大姨家，和表哥表妹一大家子混到一起，这使她孤单的童年充满了欢乐和温暖。

张宝玲，1963年生于河北省徐水县户木乡崔庄村。初中毕业在当地小镇开了一个经营毛线的小店，一干就是十几年。2000年带着从老家攒的几万块钱来到北京，在中关村的知春电子城租了5平方米的店面，开始经营各种计算机耗材。后来改行主营游戏软件，国产的、欧美的应有尽有。她说虽然赚不了大钱，但供两个孩子上大学没有问题。

张宝刚是张宝玲的哥哥，他1956年出生。初中毕业开始务农，1980年起在当地的集贸市场摆摊经营服装和小百货。1990年用自己10年的辛苦钱和民间借贷的几十万，建起了崔庄轧钢厂，总投资120万元。当时他从四川请来了技师，在本村雇用了20多位农民，农忙时大家在家种地、收割，农闲时回厂炼钢，主要生产民用螺纹钢。

张宝刚说："我的钢厂开了10年，当地的政策是只要交税就可以干，但一直不给办营业执照。没有经营许可证，要想扩大发展很难，所以每年的产量一直维持在1000吨左右。那时候一吨2000多元，虽然利润不高，每年赚十几万还是没有问题。2000年国家整治小炼钢厂的时候，我们没有营业执照，只好停产。2001年我又投资150万，引进了两条流水线，办起了徐水洁雅卫生巾厂，生产卫生巾，一切手续都是齐全的，产品在北京、天津和东北一些市场上卖得很好，每年生产2500多箱，利润也不低。后来人们的生活水平提高了，女人们也越来越有钱了，卫生巾也都用名牌了，我们这些不知名的牌子虽然质量很好，但越来越不好卖，2007年只好停产。"

张宝刚认为现在岁数大了，不准备再创业了。他说："我的三个孩子有两个已经大学毕业留在北京。儿子辞职后自己开软件公司，而且在外地开了好几个分公司，生意非常好。最小的孩子正在重庆大学法律系上大四，准备考研来北京。将来我帮孩子干点事就行了，也不想操那么多心自己单干了。现在做什么都不容易，尤其是我们这种年岁的人，也该淘汰了，要发展还是要有知识有文化才行。"

张宝刚对第一次来北京记忆犹新。他说："我和妹妹1972年第一次来北京玩，当时住在晓丽家。晓丽的妈妈和我妈妈是亲姐妹，我姨夫是新中国成立前的老八路，他出生入死，打了很多年仗，在我们当地是有名的硬汉。他能文能武，新中国成立后成了13级干部。我姨和姨父对我们一家人很好，那次让晓丽带着我和妹妹玩了好几天，至今我还记得当年站在天安门广场照相时那种激动的心情。"

李晓丽　张宝玲　张宝刚

1972

中华人民共和国万岁　　世界人民大团结万岁

李晓丽　张宝玲　张宝刚

2007

乌云遮日雪飘飘，喇叭声音竟传谣

杨浪，1955年生于北京。1970年北京二十八中初中毕业。14岁成为二十八中红卫兵政委，15岁去云南当兵，经历过对越自卫反击战之后提干，当兵12年后转业回到北京。曾为《中国青年报》编辑部主任、《三联生活周刊》执行主编、《中国青年》副总编、《财经时报》总编。获过五个一工程奖、中国新闻奖，享受国务院特殊津贴。现为中国证券研究设计中心媒体管理部副总经理，财讯传媒集团常务副总裁。

杨浪说："我爸妈都是浙江海宁人。我爸1945年就考入了浙江大学土木工程系，上了三年还没毕业的时候，突然想当外交家，又考入南京中央政治大学外交系。1949年他的很多同学都跟着蒋介石去了台湾，我爸却参军加入了共产党，分到总参工作，后来又上了解放军工程学院的研究生。我妈今年80多岁了，她是1951年毕业于上海剧专，现在的上海戏剧学院，工作到退休一直是北影的教授，很多著名演员都是我妈教过的学生。"

杨浪的母亲海音说："20世纪50年代，杨浪他爸爸在总参一个学校教书，因为他在国民党的政治大学读过书，所以

海音　杨浪

1972

海音　杨浪
2009

在反胡风和肃反的时候，整了他半年不让他回家，后来回家孩子都不认识他了。'文革'时他是解放军外语学院英语教研组的组长，造反派说他是反动学术权威，我说权威谈不上，反动不反动你们去查吧，反正我不信他是反革命。最后找不到他的罪状，又说他翻译过雪莱的《西风颂》，简直是荒唐得没法说。最让人生气的是1967年的一个夜晚，几个解放军突然翻墙闯进我家，抄走不少笔记本、相册和杨浪写的一首诗，因为杨浪的那首诗我被审查，说我写反革命诗攻击'文革'，我说是我儿子写的，人家不信。后来我也下放到保定一个干校劳动改造。"

我问杨浪抄走的是什么诗。他说："好像是'乌云遮日雪飘飘，喇叭声音竟传谣。枝上雀儿眉头皱，窝里豺狼要奸刁。军警疯狂无长久，日出雪花见人妖'。当时我只是根据那个时代瞎写着玩，没想到差点给爸妈惹出大乱子。"

杨浪的母亲说："其实我家是一个很革命的家庭，当年杨浪当兵走的时候，我们特意选择去天安门广场的纪念碑底下为他吃庆祝饭。当时只带了面包、橘子和水，教育儿子记住革命先烈的历程，去部队不要怕苦怕累。如果我们是反革命，我们能那么做吗？其实那时候打倒的绝大多数反革命根本不是反革命。"

我问杨浪当年和母亲去天安门照相的事情。他说："那时候，人们无限地升华了天安门的政治意义，好像给人感觉天安门就是毛主席，毛主席就是天安门。我和我妈这张照片是1972年我从部队回来探亲，我妈特意从保定干校请假回来看我，我爸带我和我妈去天安门照的。现在不像过去，每天开车路过天安门一点感觉都没有了。"

我这辈子最大的遗憾就是没去打台湾

朱发文，原名朱法文，因战争年代文书档案错将"法"记为"发"，因此"发文"一直沿用至今。他1928年生于山东省新泰县西张庄镇东张庄村一个普通农家，小时有幸接受私塾教育。大哥朱法全1938年参加革命，先后参加过抗日战争、解放战争和朝鲜战争等。受大哥及家庭的影响，1943年15岁的朱发文就参加了地方抗日部队。三弟朱法芝于1945年也参加革命并成为村里的儿童团长，1947年被国民党还乡团当着全村人的面活活杀死，追认为烈士。

1945年抗日战争胜利后，他所在的地方部队正式并入陈毅率领的第三野战军，在解放全国的战争中参加了鲁南战役、莱芜战役、孟良崮战役、济南战役、淮海战役、渡江战役、解放上海等著名战役。

1950年，22岁的朱发文作为一名营职干部，首批赶赴朝鲜作战，参加了一、二、三、四次战役，并多次立功受奖。经过两年艰苦卓绝的战斗，于1952年胜利回国。回国后经友人介绍，与从战火中一起走过来的女兵孔庆伟喜结良缘。1953年前往解放军南京总高级步兵学校学习。1957年学业完成后，调往舟山的警备部队工作，直至1966年文化大革命爆发。

回顾自己的革命生涯，朱发文说："我这辈子最大的遗憾就是没去打台湾。最值得庆幸的是，虽然历经抗日战争、解放战争、朝鲜战争等无数次残酷的战斗，却毫发无损。战争年代非常艰苦，因为那时候我们各方面条件都不好，每次战斗都要牺牲很多人。多亏人民群众的鼎力相助，我们才取得了一次又一次的胜利。记得抗日战争期间，有一次老乡为了掩护我们，捧起地上的牲口粪，涂抹在我们刚翻过的墙头上，使我们成功地避开了敌人的追赶。解放战争时期，国民党的飞机轰炸很猛烈，而且翻来覆去地向我们所在的阵地扫射，炮弹在自己周围爆炸就像家常便饭一样，有时死人完全就是一瞬间的事情。机智灵活使我打那么多年仗都没有受过一点伤，否则早就没有今天了。"

"文革"初期实行军管，作为一名曾经被毛主席和国家领导人接见过的军事精英，1966年底他调往北京工作。当时因红卫兵造反堵了铁路，元旦也是在火车上度过的。到京后分配到北京市公安局，后来又调到当时的北京市革命委员会任政法组副组长、代组长。尽管他所担任的组长不是一般的小组长，但"文革"期间的"油炸""火烧"和抄家、殴打、武斗，让这位从战火中走来的军人产生了很大的疑惑。"文革"后期，他又奉命回到舟山群岛的部队工作。

1974年，转战大半生的他转业返京，并被安排到北京钢厂担任党委书记的职务，此时"文革"尚未结束。作为工人宣传队的一员，他曾进驻北京大学。"文革"结束后又调往首钢工学院担任党委书记。58岁那年，他深感地方工作不适合自己戎马一生的军人性格，于是提前离休。现在北京稻香村集团的三和老年公寓安度晚年。

朱发文

1973

朱发文

2008

邓威　邓杰

1973

邓威 邓杰

2009

我们经常在一起抨击腐败

邓威1970年、邓杰1969年出生在北京第三棉纺织厂的一个工人家庭。由于工作忙，他们的母亲接受了我的采访。

他们的母亲说："他俩是舅姥姥带大的。老大小时候聪明，儿歌、唐诗一教就会。那时候有社会主义大院，只要演节目，邓杰就是台柱子。他不去，小朋友们唱歌词就接不上，朗诵常常念上句忘下句……上小学功课很好，是三好学生还是班委。上中学后，新建学校师资水平较差，又受不良社会风气的影响，再加上正是叛逆期，以至于学习成绩下滑，就没有考高中，到北大医院食堂做了炊事员。两年后热力公司招工，就去报了名。录取后经过培训，负责东郊一带的供热工作至今。对于个人问题，他不太在意。年轻时贪玩儿，到了中年他说顺其自然，基本上是个独身主义者。

"老二邓威生性好动淘气出名。两三岁时泥巴里滚、脏水里爬，人又胖乎乎的，所以街坊们都叫他'猪猪'。1982年进了什刹海体校，学散打和摔跤，后保送到四十中体育师范班。在班上也是个闹将，上课揪女同学小辫儿，有时带男同学到训练房去摔跤。不知听谁说：家有三担粮，不当孩子王。他就不爱上学了，提前毕业到化工厂当了工人。干了两年感到没意思，又转到秀水街练摊儿去了。后来改行当了公共汽车司机。最后到房地产中介公司开车跑业务，也是换了一家又一家。到现在他也是干什么都图新鲜，没长性。现在他有了

女朋友，俩人甜甜蜜蜜，我也放心了！他每周都回来陪我们吃饭聊天，挺懂事的。

"至于我对他们的影响，主要是文学方面，我虽然文化不高，仅是高中，但我文科很好，记忆力也强，书中大段的句子看两三遍就能背下来。邓杰也是，大篇的背诵作业能一字不差地背下来。由于看书学习耽误了家务，邓威小时候就说，'人家妈妈下班就干活，我妈妈下班就看书写字。'现在我们经常在一起背唐诗，背毛泽东诗词，我们经常在一起抨击腐败，聊聊民生问题，挺有意思。我们家虽然不富裕，但吃喝足够，每年还能在国内溜达溜达。知足者常乐！"

邓威和邓杰的照片都是他们舅舅给拍的，舅舅是业余摄影爱好者，给他俩照了不少照片，现在都还保留着。

20世纪90年代末红旗厂彻底不行了

董云英，1957年生于一个工人家庭。1973年毕业于北京一中，1975年在北医护校学习，毕业后分配到北医三院内科从事临床护理工作，一干就是11年。那时候调动工作非常难，因三院离家较远，她费了很大劲，1986年才调到中国康复研究中心北京博爱医院从事康复护理工作。20多年来，担任过护士长、科护士长，现在从事医院感染管理工作。

从护校毕业至今，董云英从事护理工作已经34年。在这个平凡的岗位上，她努力地工作着，辛勤地劳动着，并利用业余时间完成了护理大专和心理大专的学习，在国家级杂志上发表康复护理相关文章十余篇。2009年晋升为副主任护师，并担任过北京护理学会康复专业组秘书、副主任等职。

董海军说："我是1961年出生。1978年从一九八中高中毕业后进了北京红旗厂当了维修工。当时红旗厂除了印染各国国旗之外，还印染床单、背面和各种布匹，业务很繁忙，效益也挺好。20世纪90年代初红旗厂就不行了，90年代末红旗厂彻底不行了，把很多机器都拆了卖给同行。2000年，五六百人的厂子，也就剩下百十来人。我们的关系都迁到街道办事处，大家自谋出路，我就去银达物业公司当了电工。"

董海京说："我是1964年出生的。1981年从分司厅中学高中毕业后，到西城区菜蔬公司烟袋斜街副食店当了营业员。

那时还是计划经济，所有商品都是统购统销，买卖很好，包括肥皂、火柴、粉丝、芝麻酱、烟酒、糖、肉等，几乎都是凭票购买；新上市的土豆、白菜和粮食一样，也要凭票供应。改革开放后，农贸市场和自由市场陆续放开，大大小小的超市开了一家又一家，所以我们国营商店就转轨多种经营了。"

董海京多才多艺、爱好广泛，唱歌、跳舞、滑冰、游泳，样样都行，还经常给人理发。本想开个理发店，结果1990年又被调入西城菜蔬公司组技科工作，开始参与万方商城的筹建工作。2001年获得财贸干部管理学院的大专文凭和助理经济师职称。在万方商城他还一手创办了万方乐队，并多次受邀参加国家级的各种活动。北京举行的庆香港回归、国庆五十周年等大型庆典活动，他们乐队都参加了。

董云英最后说："天安门是人们向往的地方，那时去天安门照张相是很光荣的事，不管是北京人还是外地人，经常有好多人排队照相。我们这张相片是1973年春节照的。那时我16岁，董海军12岁，董海京9岁。记得那次照相是我用父母给的压岁钱和他俩一起去的广场，为了节省5分钱的车费，我们一直从鼓楼大街蹚着积雪走到了天安门广场，那时照一张相好像是四毛钱。"

北京天安门留影 1973.2 春节

董海军　董云英　董海京

1973

董海军　董云英　董海京

2009

朱建强　朱建勇

1973

朱建强　朱建勇

2008

效益再差，吃喝玩乐还是没问题

朱建勇和朱建强是孪生兄弟，他们1964年生于浙江省舟山群岛的一个部队医院，3岁那年随父母工作调动来到北京。在东交民巷小学度过了少年时代，在北京二十七中读完了初中和高中。他们从小留同样的发型、穿同样的衣服、背同样的书包、吃同样的饭菜、住同一个房间、受同样的教育，在学校经常被同学和老师认错。直到1982年走出校门之后，他们的生活才有了各自不同的变化。

朱建勇高中毕业后，去了原电子工业部一家直属企业从事销售工作，但由于多种限制，业绩平平。1993年企业连续亏损，他只好办了停薪留职的手续走向社会。经过几年的闯荡，他几乎完全适应了市场经济的游戏规则，在一家广告公司干了7年之后，成了一名无拘无束的自由人。这些年他先后在工艺品公司、报社、出版社、传媒公司等多家单位工作，不断跳槽，不断挑战自我。从2004年起，他再也没有去任何单位签约，完全游离在市场经济的大潮中，在想象的空间中无序地漂移。

朱建勇对北京各大媒体非常熟识，尤其熟悉他们的广告流程，加之他的豪爽和仗义，这些年手里积累了很多厂商和客户，使得他做起事来比较顺手。不过面对世界性的金融危机，

他也不例外。他说："这些年我主要从事汽车广告的代理。最近不少企业效益出现了负增长，很多世界著名的厂家都开始亏损，有的甚至被收购或者破产，广告投入大幅缩减，很多厂家有才能的人也都跑了，导致报纸杂志等等的广告版面在不断缩减。干广告这一行的人也越来越多，挣钱也越来越难。现在的收入最多也就是过去的30％，即使能留下干的，也只能靠吃老本维持关系。过去整天忙得跑不过来，现在是每天睡到自然醒。不过效益再差，吃喝玩乐还是没问题。"

朱建强高中毕业后进入北京旅游公司工作，四年后辞去工作。以后的日子分别在图片公司、氧吧、进口汽车配件公司林林总总地干了一些年。之后成为一家外资企业的中国销售代表，业务较为繁忙。

谁都有缺点，毛主席也有缺点

段离，1957年生于新疆富蕴县有色金属矿区一个特殊家庭。1975年矿区子弟中学高中毕业，下井接受工人阶级再教育，当了三年矿工，1978年考入新疆艺术学校油画专业。1982年毕业分配到新疆人民出版社当了美术编辑，曾设计出版过大量图书，担任过八年《丝路游》杂志的主编，现为新疆新闻出版局编审。

我问段离的籍贯和家庭。她说："我父亲1929年生于甘肃省镇原县城关镇海丰大队三台山一个贫苦家庭。1949年还在读书的时候，去了解放军新疆骑兵七师21团当兵，1950年反叛乱和1951年剿匪他都立过功，后来当了文化教员。1955年转业到新疆一家报社当记者，1957年被打成右派送到劳改农场去了。"

我问她父亲为什么被打成右派。她说："反右的时候，我父亲的一个同事说话不注意，被别人抓住把柄在挨批。我父亲军人出身爱打抱不平，就在会上说了一句：'谁都有缺点，毛主席也有缺点。'结果一下就被打成右派送到了阿勒泰可可托海劳改农场和犯人关在一起，整天出苦力。1965年又被送到云母矿山劳改，总共劳改了22年，1979年才平反安排到阿勒泰报社当编辑，等于一生的黄金时代都在惩罚中度过。

劳改回来刚刚工作10年就退休了。可能是劳改期间精神和身体被折腾得太厉害，2001年就去世了。我母亲是山东莱阳大夯人。1952年国家为了解决边疆军人的个人问题，她征兵进疆嫁给了我父亲，1955年转业到地方工作。作为右派的妻子，母亲二十余年承受种种压力，积劳成疾，1985年52岁就离开了人世。我姐姐1956年生，高中毕业作为右派的女儿，在矿山接受了两年再教育之后，考入卫校学医，成为新疆医学院第六附院的医生。"

我问她当年在天安门照相的情景。她说："我父亲1949年当兵，1957年当右派，24年没回过家。我母亲根正苗红，每10年有一次探亲假。1973年正好是我母亲的第二次探亲假，所以我们全家从阿勒泰坐着大卡车走了三天三夜才到了乌鲁木齐，又坐了三天四夜的火车才到了北京。当时北京外来人口控制得很严，凡是当天到京的外来人口，必须购买次日离京的火车票，然后去指定的地方住宿，手续很严密。那次安排我们住在东单洗澡堂，那时澡堂子白天洗澡，晚上接待外地人住宿。我们一早到澡堂子只能寄存行李，不能休息，只好找地方去玩。我们去的第一个地方就是天安门广场，当时很多人都排队照相，摄影师和照相机固定在将近一米高的木台子上，被照的人也站在固定的位置，姿势、表情几乎完全一样，几秒钟就照一个。面对陌生的镜头好像谁都不敢笑，包括我们也一样。照完相我们又去了故宫、王府井、天桥，还破天荒地吃了一顿烤鸭。晚上回澡堂子睡了一觉，第二天又去了天坛和颐和园，当晚离开北京回山东。后来又去了我父亲的老家探亲。回到新疆一个月后才收到照片，我用水彩上色，所有来我家看到这张照片的人，都羡慕我们去过天安门。"

段离得知我在重拍天安门留影，很快就给我寄来了这张老照片。由于新疆路途遥远，我没敢奢望为她俩重新拍摄。没想到她俩专程来到北京参与拍摄，让我深为感动。

段续　王凤英　段离　段若梅

1973

段离　段若梅

2009

北京天安门留影 1974.5.

邢志刚　娄丽云

1974

邢志刚　娄丽云

2009

我不愿在天安门前回忆当年的痛苦

邢志刚,1945年生于北京。1964年考入北京建筑工业学院,1970毕业分配到湖南湘乡水泥厂当技术员,两年后调入位于湖南冷水江市的广州军区五七水泥厂工作。

娄丽云,1948年生于湖南省邵阳市。1965年参军,在湖南省军区163医院任护士,1972年调至广州军区五七水泥厂医务室担任护士。

1974年,邢志刚和娄丽云结婚,同年回到阔别已久的北京,在天安门广场留下了这张合影。1979年娄丽云转业,他们一起分配到邵阳工作。娄丽云在邵阳中心医院外科担任护士,邢志刚在七一机械厂任工程师。1990年为了两个孩子的成长,邢志刚调到了河北三河水泥厂。为了在北京为娄丽云找到一份工作,4年里邢志刚跑遍了北京的各个区县,一次又一次地无功而返。终于,皇天不负有心人,1994年在他们最为困苦的时候,邢志刚如愿以偿地将娄丽云调回北京,也算有了一丝回报,让他们感觉到了生活的希望。他们始终认为今后的日子会越来越好。

回顾过往的岁月,邢志刚感慨万千。从他20多岁离开北京,再到近50岁回到北京,一晃30年过去。现在,两个孩子已经成家立业,他们也算完成了任务,终于可以踏踏实实地安度晚年。近两年,邢志刚和娄丽云对他们大半辈子的生活进行了详尽的盘点,写下了十几万字的回忆录,有坎坷、有困苦、有幸福,他们希望把那点点滴滴的回忆出版成书,勉励自己的孩子。

邢志刚说:"'文革'期间我俩都经历了很大的政治摧残和肉体折磨,只有经历过一些痛苦的事情,人生才会变得丰富多彩,才能体会到追求的艰辛和拥有的快乐。在此,我不仅要感谢我爱人几十年来对我的支持,还要感谢她为这个家、为两个孩子做出的贡献。记得当年我告诉她要调到河北一个小水泥厂的时候,她说什么也不愿意离开自己的家乡,因为从一个市直最好的医院突然调到一个县水泥厂的医务室,这种落差实在让她无法接受。但为了孩子和这个完整的家,最终她做出牺牲,放弃了前途和事业,远离父母和兄弟姐妹,跟我一起移居河北省三河县水泥厂那个落后偏僻的家属院。"

在我采访娄丽云的时候,她曾几度老泪纵横,因为她在"文革"期间度过了无辜的牢狱生涯,受尽种种不公正的待遇。最终在娄丽云审稿的时候,删去了他们当年经受磨难的文字。娄丽云最后说:"天安门是一个神圣的地方,我不愿在天安门前回忆当年的痛苦。"

不想白白浪费自己的青春

刘爱群，1955年生于江苏扬州。1964年随父母工作调动来到北京，先后在顺成街第一小学、丁家坑小学、绒线胡同小学读书。1969年又随父母下放去了河南淮滨县中国人民银行五七干校，先后在农村和五七中学读书。1971年高中没毕业就被安排到河南济源县五机部的一个军工厂工作。

回忆当年离开北京的情景，刘爱群说："走之前我还挺高兴的，觉得终于可以去广阔天地大有作为了，等火车要开的时候，我们姐妹几个突然都哭了，觉得再也回不来了。在火车上我家还丢了一只箱子，父母急坏了，因为里面不仅装了很多衣服，还装了父母从认识到结婚的所有照片，至今都很遗憾。"

我问刘爱群在山里待了几年。她说："1969年去干校之后，一边读书一边劳动，很多农活都跟着干部们一起干过。1971年12月招工到深山里的军工厂办公室当了电话员，第二年就把我送到北京的几个保密厂培训。在通县、三里屯、海淀的三个厂培训将近三年之后，我又回到军工厂当铣工。我们厂是造大炮的，我主要是做维修工作，在厂里一边工作，一边又读了两年工人大学。据说邱会作管我们厂，后来他跟着林彪倒了，我们厂更不行了。再后来上万人的厂子发展得很缓慢，总是死气沉沉的。1979年父母被中国农业银行总行调回北京，我和我妹妹都留在了山里。"

父母离开大山之后，刘爱群再也不想留在处于缓建状态的保密厂工作了，也不想白白浪费自己的青春。1981年她在姐夫的帮助下调回北京，办完调动手续之后，她把自行车、手表、80元存款全部留给在当地农村插队的妹妹，带了5块钱只身回到北京，在中国人民银行研究生部工作。30年过去了，她工作、读书、再工作，一直兢兢业业地从事财务工作，并担任财务主管和研究生部办公室副主任。她说当年一年的收入只有400多元，现在近10万元。当然，过去一个人一年的生活费只需要八九十元，现在恐怕最少也要八九千元。

我问刘爱群过去和现在对天安门有什么不同感受。她说："在老家上一年级的时候，语文书的第一课就是《我爱北京天安门》，所以从小就向往北京。1968年国庆时我还去见毛主席在城楼上向游行的群众招手，那时心情非常激动。后来在天安门旁边住时间长了，而且每天早晨锻炼还要围着大会堂跑两圈，时间一长就没有那么兴奋了。1974年和妈妈照这张相是我姐姐病了，我妈从山沟里的军工厂来北京看我姐姐，我正好在北京培训，所以就去天安门照了这张相。当时正好是我们家从南方到北京的10周年纪念，这次拍摄是我们从南方到北京的45周年纪念。"

北京 天安门留念
一九七四年

刘爱群　诸苓

1974

刘爱群　诸苓

2009

北京天安门留影 1974.10

李淑君　李斌　吴福生　李淑梅

1974

李淑君　李斌　李淑梅

2009

每天上班，天安门就在眼前

李淑君，1957年生于北京一个文物工作者家庭。1976年北京地安门中学高中毕业赴京郊平谷县北辛庄大队插队落户。生产队根据劳动表现，评她为8分的劳力，第一年热情高涨，分得红利84元。两年后离开农村，招工回到北京。

李淑君说："下乡的第一年最苦最累，什么农活都干过。第二年又安排我去养鸡场养鸡，孵出的小鸡没几天就死了，加之晚上耗子总吃小鸡，害得我总是睡不好觉。之后，我参加了县上的养鸡培训班。回来后发现鸡有病了，我就给鸡做手术。有一次把手割破了，我突然想到千万别和白求恩一样感染，那次把我吓坏了。1978年底，我分配到北京电车公司上班，我最不喜欢这项工作，2002年办了内退手续，再也没去上班。现在吃喝玩乐，哪儿开心就去哪儿。"

李斌，1963年出生。1981年被某部选中去当飞行员，由于母亲反对，他只好放弃自己的选择继续读书，大学毕业后先后从事技术和教育工作。

李淑梅，1960年生于北京，北京六十五中七八届高中毕业。毕业后先后在中国美术馆、中国文物交流中心、中国国家博物馆从事财务工作。

我问李淑梅当年和现在对天安门的感受。她说："这张照片是我舅舅从山东济南来北京，我们姐弟三人陪他去天安门照的。我舅舅是退伍军人，生活在济南，年龄大了，很遗憾不能来参加这次拍摄。要说对天安门的感觉，那可太深了。记得小时候每年国庆前都有三次彩排，母亲总会选一天带我们姐弟去看演出。现在我每天上班，天安门就在眼前，所以对天安门依然有着很深的感情。"

听毛主席的话，跟共产党走

韩荣芬，1950年出生在河北省肃宁县庙头村。1958年随父亲到保定读书，中学时就读于保定第二中学。1969年初中毕业响应毛主席"屯垦戍边，亦兵亦农"的号召，前往内蒙古生产建设兵团，成为一名兵团战士。

韩荣芬说："我所在的53团10连位于锡林格勒盟东乌珠穆沁旗的牧区。刚去的时候，一望无际的大草原遍地开满了鲜花，在蓝天白云下，牧民们赶着牛羊和马群欢快地奔跑，使人感觉像在画中游。我们去之后，牧民的牛、羊、马都归了连队管理，第一年冬天，连队宰了好几百只羊，堆得像山一样，给牧民造成很大损失。尽管如此，当地的牧民还是很淳朴，他们虽然不懂什么是屯垦戍边，但他们知道听毛主席的话，跟共产党走。还有当年开垦草场，用机械化的方式播种小麦，都是严重违背了自然规律，记得当年的收成一年比一年差，最后连种子都收不回来。前两年我听回去过的战友说，被破坏的草场至今还没有恢复原样。"

说起当年的照片。韩荣芬说："我在上小学时，好几次来过北京的亲戚家，那时坐10路车经过广场，雄伟的天安门总是在眼前一闪而过。在文化大革命的时候，还参加过毛主席第六次接见红卫兵。当时毛主席乘坐敞篷车从天安门驶出，沿着长安街向东行驶，两边的红卫兵人山人海，欢呼着、雀跃着，激动不已，不停地高呼毛主席万岁，至今历历在目。那时在天安门前留影，是所有人的愿望。1972年我来北京上学，正好妹妹也来北京玩，我想到的第一件事就是去天安门前照张相。现在虽然早已没有当年那种心情，但天安门在我们心中的位置一直没有变。"

1972年，韩荣芬从草原经推荐进入清华大学电子系计算数学专业学习，除了不用负担学费，每月还有19.5元的助学金。在校期间她刻苦学习，加入了中国共产党。1975年大学毕业后分配到北京地铁运营处工作。当时北京只有北京站到苹果园一条地铁线路，韩荣芬成了北京地铁第一代软件技术人员，在技术岗位上一干就是8年。1984年韩荣芬调到地铁总公司二级单位机关改做政治工作。2005年从地铁车辆一公司纪委书记岗位上退休。

韩荣霞，1955年出生在河北省肃宁县庙头村。20世纪70年代初期随全家迁往保定市，先后在保定地建三公司、保定日报社印刷厂和保定日报社办公室工作。2005年退休。

北京天安门留影 1974.10

韩荣霞　韩荣芬

1974

韩荣霞　韩荣芬

2009

十三岁当兵到北京

杜晓青，1962年出生于重庆一个军人家庭。13岁初中毕业到北京参军，成为一名文艺兵。几年后她突然萌发求知欲望，此后走过漫长的求学道路，最终成为一名舞蹈学者，现担任《舞蹈》杂志执行副主编。

杜晓青说："我小时候很活泼，学习不错，但更喜欢玩。20世纪六七十年代，人们忙着斗私批修、跳忠字舞、演样板戏，这既是一种'革命'也是一种'娱乐'，我就是在那样的氛围里接触到了一点文艺。1975年刚刚考上高中，就听邻居说北京许多部队的文工团都在招小文艺兵。当时我早上学两年，父母担心我15岁高中毕业后没法上山下乡，所以也就同意了我跟别人来北京报考，结果我很快就被录取。我当兵的时候岁数太小，部队专门派人到重庆来接兵。记得一路上我都很兴奋，觉得终于可以摆脱父母的管束，像鸟儿一样自由自在了。其实当时我连辫子都梳不好。到北京第二天我才意识到从此真的远离父母了，当时就傻眼了，一天连着给父母发了两封信。在解放军国防科工委文工团当了三年学员、四年演员，学习舞蹈吃了许多苦头。那个年代特别强调'一不怕苦，二不怕死'，但现在

杜晓青
1975

杜晓青

2009

回想起来，能记住的全是快乐。我们文工团每年都会去全国各地的军事基地慰问演出，有幸亲历过多次卫星发射、原子弹爆炸的试验，现在人们说起酒泉、西昌等一点不神秘，当年可是绝对保密的地方。这些经历对我的一生都是很难得的。1977年恢复高考，勾起了我对知识的渴慕，开始跟着半导体学英语。我们文工团有个不大的图书室，里面有不少小说、唱片什么的，有空我就往那里跑，渐渐对舞蹈三心二意起来，像高玉宝一样想读书的念头越来越强烈。后来因为腿部有伤，向领导提出要改行，领导问我想干什么，我说除了打字员和卫生员，其他都行。最后领导说爱学习就去图书馆吧。结果我就去了国防科工委情报所，在情报所的国外资料馆当了提书员。那个图书馆非常大，走不完的书库，全是外文书，我每天的工作就是按照ABCD的编号去找书，在书库里来回跑。情报所里的研究人员多是北大、清华、北航、哈军工那些名牌大学毕业的，我初中毕业完全是个白丁，但我喜欢那种环境。20世纪80年代人们的学习热情很高，社会上到处是各种补习班。我报名参加了民盟办的英语班，班里的同学从十七八岁到四十好几，干什么的都有。记得当时有部表现女排的电影叫《沙鸥》，其中的女主演就在我们班，还有一位刚从国际上拿了声乐比赛大奖的歌唱演员。那时每学期学费才10块钱。每天傍晚一下班，我来不及吃饭，急忙搭上公交车从北京城西赶到城东去听课。除了英语，我还自学历史、哲学、中文、政经和一些别的科目。1983年我

考上了北京大学图书馆学系，毕业后在情报所做西文编目工作。1986年北图一个朋友对我说：你英语不错，又当过舞蹈演员，为什么不去国外学舞蹈？改革开放后，国外不少一流的舞蹈团陆续来北京演出，我国一些20世纪五六十年代的舞蹈经典也开始复排上演，这些演出才是艺术，和我们当年在文工团跳的东西太不一样。朋友的话让我动了心，何不一试？于是我试着联系了几所美国的大学，按着要求录制了一盘包括训练和一个小节目在内的30分钟的录像带，通过了托福考试。没想到很快就被美国伊利诺伊大学舞蹈系录取了，还拿到了全额奖学金，我是他们大学舞蹈系在中国大陆录取的第一个学生。但没想到部队的留学手续那么复杂，到秋季入学时有些手续还没批下来，最终只能放弃。第二年，也就是1988年赶上裁军，我转业到了中国舞蹈家协会。1993年我又考入中国艺术研究院，攻读舞蹈硕士，导师是著名舞蹈学者资华筠先生。毕业后留在所里从事研究工作。虽然舞研所有百分之百的自由，但我觉得自己无法利用好当时那种自由，所以1998年我又调回中国舞蹈家协会，在《舞蹈》杂志一直工作到现在。"

我问杜晓青当初在天安门照相的情景。她说："我13岁就到北京当兵，父母一直不放心。那时我爸爸只要碰到来北京出差的机会，从来不会放过，而且每次都要带我出去转转，天安门广场是必去的地方，所以在天安门前拍了很多照片。"

怕我给飞行员的饭里下毒药

罗俊璋，1949年生于河北省博野县肖庄村。1965年北京香山中学肄业。早年打日本的时候，他母亲就参加了抗日妇救会，积极为八路军、武工队传送情报，配合八路军和武工队利用地道战术，打击和消灭了无数日本鬼子，为抗日战争做出了很大贡献。

我问罗俊璋哪年参加工作的。他说："我本来是1966年初中毕业，因家中太穷，初中没念完就托人把我介绍到解放军北空34师当了炊事员，不戴领章帽徽，也不算正式军人，只算军工，也发工资。1970年底，部队为了巩固无产阶级专政，开始了清理阶级队伍的革命运动。有一天，突然有人提出我父亲是国民党旧军人，历史不清白，还说我不该留在部队，更不能给飞行员做饭，说不安全，怕我给飞行员的饭里下毒药，很快就把我调到北京内燃机务段食堂去了。因为他们害怕飞行员吃了有毒的饭菜飞机掉下来，反正火车不会掉下来，所以后来我一直在机务段食堂做饭。"

我问他有没有受到过别的牵连。他说："有，上初中的时候，正好赶上沈阳空军来北京招收一批飞行员，本来我的各项体检指标都过了，还签了正式表格，但在政审时因我父亲是旧军人，又把我拿下了。当时我一心想当兵保卫祖国、保卫毛主席，结果没有实现梦想非常难过。1970年又招收海军，我还是不甘心，结果政审又被刷下来了。我妹妹也是一次次报

名参军都走不了，全家人都非常痛苦。最后我和妹妹为了找回父亲的清白，一起去首钢找到我父亲当年的裴连长。他不仅给我们讲述了那段历史，还给我们写了一份证明，说明我父亲曾经是傅作义的部下，一直在16军任职，抗战有功，而且没有打死过共产党，只打死过不少日本鬼子，并且参与了北平起义，所以不能算反动军人。得到这份证明之后，我们家就算重新解放了，获得了新的政治生命。1972年征兵，我终于政审过关，成为沈阳军区汽车六团一名光荣的汽车兵。不久我妹妹被保送进了大连理工大学读书，我弟弟也参了军，并且参加了对越自卫反击战，立了战功，为父母争了光。"

我问他在部队干了几年，后来干什么。他说："在部队学完开车我一直在汽车团当教练，三年后复员，又分回北京内燃机务段开车。干了10年后，调往北京天马旅游公司开豪华大客车，每天拉着老外跑长城、颐和园、天安门、故宫等旅游景点，补助高，还可以挣到小费，从1985年一直开到2004年。后来岁数大了，不开了，只是在奥运会的时候，要求共产党员上岗，才把我叫回去为奥运会开了一个月车，现在只等退休了。"

罗俊璋酷爱文学、擅长作诗，精通太极，曾获得"全国百名文明驾驶员"和"北京十佳驾驶员"等多种荣誉称号。

说到当年去天安门照相，他说："我姨
齐惠英过去是北京玩具厂的工人，表妹
曹利红现在石家庄开了个报亭卖报纸
和杂志。那张相片是我1975年从部队
回家探亲时照的。当时照完相我还在
照片背面写了一首诗：
我和老娘来到广场，
天安门前照张相。
眼望红旗热泪盈眶，
祖国啊！我的亲娘！
我为你放哨，
我为你站岗。
我要紧握手中枪，
保卫毛主席！保卫党中央！"

齐惠英　齐晓英　曹利红　罗俊璋

1975

齐惠英　齐晓英　曹利红　罗俊璋

2009

天安门留念
北京 一九七五年

谢胜佳　狗狗

1975

谢胜佳

2009

我姥爷绝对不是教科书里说的那种恶霸坏人

谢胜佳，1970年生于北京。先后在中国人民大学附属中学、北京十九中就读小学、初中和高中，1992年毕业于北京航空航天大学机械系。先是在北京光电技术研究所工作，两年后辞职进入北京东升体育用品器材厂从事健身器械的设计。

谢胜佳说："设计了两年健身器材，虽然设计了不少成套的东西，但我还是喜欢营销方面的工作，所以两年后我又跳槽到了一家叫信华（中国）机械进出口公司的单位做营销。做了两年后，我突然喜欢上了广告业，因为做营销和广告有着很紧密的联系，所以2006年我就进了北京视新广告公司，这几年我主要设计制作的广告产品是索尼爱立信、摩托罗拉、西门子等手机产品。"

当年和谢胜佳一起拍照片的孩子是他姨家的，小名叫狗狗，狗狗算是第三代新疆人，自从30多年前全家来过一次北京，照完这张照片之后，狗狗再也没有来过北京，他俩也没再见面。只是为了这张照片的重新拍摄，谢胜佳最近联系到了狗狗，但狗狗忙于料理自己的汽车配件生意，一直没有抽出时间来北京接受我的拍摄。

拍完照片后，谢胜佳对我说："虽然照这张相的时候我才五岁，当时的情景却给我印象很深。记得那天我姥爷要给我俩每人买一把玩具枪，我父母觉得一把枪六块钱太贵了，拦着

我姥爷死活不让买，最后我姥爷还是买了，而且还带我俩去天安门广场照了这张相。那时候我们家特别穷，姥爷和姥姥还有我的两个姨、一个舅舅都从北京下放到了河南农村，也没有任何经济来源，全靠种地谋生，只有我父母在北京工作，每月拿出一半工资寄给他们过日子。我父母上学都是学建筑的，父亲搞了一辈子电站设计，母亲做民用建筑设计，因为家庭出身不好，当年一大家子都受了不少罪。直到后来落实政策，一家人才回到北京。其实我姥爷绝对不是教科书里说的那种恶霸坏人。"

我问谢胜佳成家没有。他说："有女朋友了，还没有结婚。我女朋友是中央美术学院毕业之后又去法国留学回来的，她学的是艺术哲学。她聪明善良人也好，长得也漂亮，尤其是对我父母也好。他父母对我也很好，所以我很满足，我们准备今年后半年就结婚，结婚的房子我也买好了，在东三环边上，180多平方米，而且是在房价暴涨之前买的，所以也没有什么经济压力。"

一家人能平平安安活着就得了

毛京卫，1968年生于山西省昔阳县一个军人家庭。小学一年级时和母亲随军来到北京，在西城区教场小学、北京四十中和西城区卫生学校度过了小学、初中和中专。1987年卫校毕业分配到厂桥医院，1995年调入北京安贞医院工作。多年来，她始终坚持自学和业余走读，并获得本科学历和学士学位，最终实现了先工作后读书的愿望。

赵红梅，1971年生于昔阳。初中毕业来到北京，经过表姐毛京卫的介绍进入厂桥医院当护工。

回忆20年的打工生涯，赵红梅说："最早到北京厂桥医院当护工时，一个月才70元的收入，回到老家打工收入就更低了，所以干了几年之后，只好再来北京并嫁到京郊。在同仁堂装药的时候，我们是计件工资，我手快，每月都能拿到2000多元，干了6年之后，厂里开始裁人，只好下岗回家。在同仁堂装药，每天都闻着药味，从来都没有感冒过，离开同仁堂之后总感冒。被同仁堂辞掉之后，我又去公交车上卖票，每月才800元的收入。卖了一年票，钱太少，我又去了美廉美超市当导购，一个月能拿1000。去年我又去了物美超市，一个月能拿1600元，收入相对高了一些，但也累很多，总要不停地出去跑。"

我问赵红梅村里发不发补贴。她说："只有60岁以上的老人才有'老人钱'，每年每个老人只有3000多元。我们这岁数的人一分钱也没有，也不像城里人，还有个'低保'的说法，我们农民只好自己管自己。按说我们村的不少地都卖了，村里也应该有钱，但经过区里、镇里再到村里，估计村里也没多少钱了，所以也不能靠村里，只有靠我们自己。因为靠村里的话，要钱没钱，要地没地，我们每个人只有半亩口粮地，根本不够吃。老百姓嘛，累就累点吧，有饭吃，饿不死，一家人能平平安安活着就得了，也不想那么多。"

我问赵红梅今后的打算。她说："希望早点拆迁改善住房，希望有机会去学插花技术，能在离家近的地方找一份工作。因为我们是昌平马坊的农村人，又在城里上班，很不方便。我住在小汤山，要跑的超市都在石景山，每天出去都要倒很多次车，路上最少也要浪费四五个小时。"

我问赵红梅孩子的教育问题。她说："国家说是让农村孩子免费上学，但有些费用只是变了个名堂照样收钱，比如书本费、学杂费、管理费、用纸费都得交，少一样都不行。"

同样都是孩子，毛京卫的孩子就不用为学杂费发愁，而且经常有机会参加各种活动。包括新中国成立六十周年之际，毛京卫的孩子还在天安门广场参加了《七色光》文艺演出。这正是农村孩子与城市孩子的区别。

天安门留念
北京一九七五年

毛京卫　赵红梅

1975

毛京卫　赵红梅

2009

北京天安门留影 1976.2 春节

刘晖　李璠　李璐

1976

刘晖　李瑶　李璐

2009

人生不仅仅是解决问题，而是如何处理好问题

李璐，1962年生于北京一个知识分子家庭。16岁考入618厂中等技术学校学习，随后又脱产读了三年机械制造与设计专业。毕业后一直从事兵工产品非标准件的设计工作。1992年赴德国学习工作，1997年回到北京。

刘晖，1962年生于北京一个京剧演员家庭。先后在北京四中和护国寺中学读完初中和高中，1979年毕业进入北京一商局工作。目前主要从事北京地区超级市场的化妆品批发业务。

李璐说："从德国回来后，我先是在天津开发区工作了几年。2002年再次回到北京，先后在首都师范大学心理治疗与咨询研究生班、北京师范大学心理学院学习心理咨询并获得专业资格证书。2004年创办听语（北京）心理咨询中心，现有十几名心理咨询师加盟了我们中心的心理咨询和心理治疗。"

李璐对婴幼儿早期教育、青少年成长的烦恼、家庭教育困惑以及婚姻情感冲突等方面课题有很深入的研究。几年来，数百个咨询者和家庭带着困惑走进她的咨询中心。通过她的帮助，不少家庭和个人化解矛盾走出阴影。李璐非常热爱目前从事的这项工作，她说人生总会碰到问题，人生不仅仅是解决问题，而是如何处理好问题，这才是心理咨询的根本。所以她希望自己能永远做一名合格和快乐的心理咨询师，帮助更多的人处理好问题。

李璠是李璐的妹妹，1969年出生。高中毕业后在兵工厂当过工人，去大学读过公共关系，在电视台当过节目主持人，做过汽车销售。1998年主动要求下岗，并在IBM公司有过9年的工作经历。2008年在海淀区开饭店，生意做得红火热闹。李璠每天不仅要打理300平方米的总店，还要忙活外面的分店，因为每天去她总店用餐的人数多达六百人左右。李璠说："开饭店一个是诚信，一个是服务，如果这两点做到了，自然会有很多回头客。"

当我问到她们当年去天安门照相的详细过程，她们几乎忘得一干二净。李璐说好像是过年的时候去刘晖家玩，我们就去天安门照了一张相。刘晖说一点都不记得了，5年前的事情都不记得了，30多年前的事情更不记得了，为什么去照相你只能问李璐。在李璠印象中，那次照相除了记得是走着去的，其他也是什么都不记得了。

最后我问她们还愿不愿意去天安门，她们都说没时间去，也不想去，有时间还不如一起吃吃饭、聊聊天。因为现在自己都有自己的事情，难得一见，去天安门也没有什么实际意义。

那会儿只有碰到高兴事儿才吃肉

潘惠玲，1938年生于河北省定州市。15岁高小毕业考入张家口解放军某部队，补习了两年文化课后，分配到部队荣光幼儿园任教。1957年调到徐州某部。1958年结婚，爱人是抗美援朝归来的老战士韩瑜。1959年全家转业来到北京。

潘惠玲说："我们是建国十年大庆的时候到的北京，当时老伴安排在中国革命博物馆，我去了北京氧气厂，后来我又调到东城印刷厂。我1988年退休，每月退休金只有1600元。当时我在印刷厂的时候，曾被外面借调，刚开始在东城区教育处，后来又在东城区一个派出所帮忙。那时认为当工人最好，所以关系一直留在印刷厂。最后退休的时候工人的工资最低，要是知道这样，当初还不如调出工厂。"

我问她当年借调出去干什么。潘惠玲说："整天演出。那时红军舞、战斗舞，不停地演，《我是一个兵》《打靶归来》什么的，不知演了多少遍。那时'五一''十一'，还有庆祝最高指示发表，经常要去游行，或者去天安门广场搞演出。尤其是'十一'和'五一'的时候，毛主席在城楼上看，我们在下面蹦蹦跳跳，所有的演出都是政治任务，一分钱都不挣还高兴得要死，真是让干什么就干什么。"

我问潘惠玲在天安门照相的情景，她说："毛主席逝世之后大家都很悲痛，上班哭，在家也哭，就好像国家要灭亡了一样。

我们都给自己做了黑纱，给毛主席戴孝。去天安门照相的时候，我还不停地流眼泪，就像失去自己的亲人一样，完全是发自内心地哭。半个多月的时间，我们连肉都没吃过，因为那会儿只有碰到高兴事儿才吃肉。毛主席的追悼会很隆重，学校停课、工作停产，汽车都停开，所有的人都默哀，比5·12大地震时的哭声还高。那一年哭了三回，1月哭的周总理，7月哭的朱老总，紧接着9月又哭毛主席，感觉那年真的是一个灾难年。"

说到"文革"，陪着潘惠玲来照相的老伴韩瑜说："那时我是中国歌剧舞剧院的高级音响师。当时我们院很多人都下放到河北劳动，有的人还被关进牛棚，像乔羽、郭兰英、陈爱莲，我们都在一起劳动。上级还总有人来向大家了解他们有什么举动，大家都是解放前的老革命，能有什么举动啊？这些荒唐事都是'四人帮'造成的。"

现在，潘惠玲和韩瑜两位老人在郊区买了一套较为宽敞的住房，他们每天画画、写字、上网聊天、打游戏，对晚年生活较为满意。

北京天安门留影 1976.9

潘惠玲

1976

潘惠玲

2007

北京天安门留影 1976.9

王金香
1976

王金香

2009

我成了"锅贴王"的第三代传人

王金香，1956年生于北京一个商人家庭。1972年初中毕业于北京四十九中，1975年毕业于北京机械局技工学校并进入北京第二机床厂工作。1984年辞职下海成为北京较早的个体户，没几年便成为先富起来的北京人。

王金香说："从我爷爷奶奶那辈开始，我家就居住在北京瓷器口大街，经营锅贴。经过三代人的传承，我家的锅贴成为北京小吃当中很有影响力的品牌。1995年，我家以'锅贴王'的品牌注册了商标，我成了'锅贴王'的第三代传人。1984年起，我一直在经营锅贴生意，每天都有上千元的收入，晚上关门后经常是数钱数得手发酸，因为那时都是小钱，最大的是10元面额。1999年我投资近百万元，在河北唐山组建了一个生产微电机的工厂，生产农用拖拉机上用的小型发电机，主要是解决拖拉机夜间行驶的照明问题。刚开始生意很好，结果几年时间，日本淘汰的小型垃圾发电机大批量涌入中国，垃圾电机不仅价格便宜，而且质量也好。我们生产的小型发电机成本就是126元，而日本的垃圾电机才三四十元一台，所以我们很快就被日本的旧电机给挤垮了。最后工厂倒闭，资金亏损，无奈我又经营起了'锅贴王'的生意，至今还有几家店在使用'锅贴王'这个品牌。"

我问王金香工厂倒闭后还做过什么生意。她说："由于长期体力透支，身体状况出现了很多问题，如高血压、心脏病、风湿性关节炎等等，无法正常生活和工作，所以我又学起了中医，我用自学的中医知识调理好了自己的身体。为了验证自己的健康指数，我去一家月嫂公司考取了母婴护理师认证资格，当上了月嫂。在护理产妇和婴儿的过程中，我给予她们很大的帮助。首先，产妇不下奶是一个非常棘手的问题，其次是婴儿脾胃的调理，这两点在我护理的过程中，都用中医知识解决得非常到位，没有一名产妇不能顺利下奶，也没有一名婴儿在满月时不能达到国家规定的健康指标。我护理的产妇和婴儿无一例出现责任事故，从没有被中途退换，得到了每位产妇及其家人的认可和好评，我又一次实现了自己的人生价值，也使我收取每月五六千元的高额护理费心安理得。"

现在，王金香已是一位53岁的退休人员，依然和年轻人一样在为社会默默奉献。她最大的愿望就是在社会上寻找一些有事业心的年轻人，一起把"锅贴王"品牌做大做强，也特别欢迎更多的有志之士加盟她的连锁店。她说："只要能够投资50万元，就能开一间200平方米的'锅贴王'，而且餐具、店面装修和内饰都会做得非常漂亮。"

每年都要到天安门广场照张合影

杨玲、孟素敏、刘慧琍，都出生于20世纪60年代初期。从小学、初中到高中她们一直在同一所学校同一个班级读书，十余年的同窗生涯，使她们彼此结下了深厚的友谊。1979年2月她们从北京市曙光路中学高中毕业后各奔东西。几十年过去，虽然她们的人生经历各不相同，但她们之间始终保持热线联系。

回忆当时拍照片的情况，孟素敏感慨万千。她说："1976年9月9日，听到毛主席去世的消息，当时大家都蒙了，全国突然一片悲痛，所有的人都在哭，包括我们也都是只想哭。在学校，老师和同学一块哭，回到家里，又和家人一起哭。学校设立了灵堂，同学们自己动手扎制花圈，灵堂里摆满了学生和老师敬献的花圈，表达我们对毛主席他老人家的哀悼和无尽的怀念。当时，中央决定在天安门广场举行毛主席万人追悼大会，在天安门城楼前搭起了会台，台子上摆满了全国人民敬献的花圈。我作为学校选派的代表，参加了追悼大会。追悼会后，为了让人们悼念毛主席，会台和花圈都没有撤掉。我们三个人为了缅怀主席，相约来到了天安门广场。

"记得当时在广场照相，杨玲、刘慧琍穿的都是蓝色的上衣，只有我穿的是花格子上衣。为了体现庄严肃穆，我特意跟旁边照相的人借了一件灰色上衣。我们都戴着红卫兵袖章和黑纱，红卫兵袖章戴在外边，黑纱戴在里边，并在袖章的上边露出了一寸黑纱。就这样，我们三个站在天安门前，留下了这张珍贵的照片。"

30多年后的今天，她们都已年近半百，举国上下发生了巨大变化。她们再次相约，计划从今年开始，每年都要到天安门广场照张合影，共同见证中国的发展进程。

北京天安门留影 1976.9

杨玲　孟素敏　刘慧珂

1976

杨玲　孟素敏　刘慧琍

2009

北京天安门留影 1976.10

赵秀芳　吴玉华　左少华

1976

赵秀芳　吴玉华　左少华

2009

天安门广场完全变成一个旅游景点了

吴玉华，1953年生于辽宁省阜新市。两岁时跟随父亲来到北京，曾在和平街小学和中学读书。1970年初中毕业，分配到四机部晨星无线电器材厂工作。当时晨星无线电器材厂属于保密工厂，位于现在的北京798艺术区内。

吴玉华说："我们厂当时效益非常好，主要生产晶体振荡器和滤波器等军用产品。我在车间干了6年，1976年调到厂团委，先后在政治部、厂办等部门工作。这期间我参加了国家档案管理局举办的档案管理学习班。1984年调入中国人民银行工作，1988年在中央党校取得本科学历。2008年从处级岗位上退休。"

赵秀芳，1954年生于北京。1970年和平街中学初中毕业后，进入晨星无线电器材厂工作。1976年经推荐到山东大学物理系学习，大学毕业后回到该厂从事石英晶体滤波器的设计工作。作为工程师，她非常热爱自己的工作，由她设计的产品曾荣获国家经委颁发的优秀新产品奖。

左少华，1956年生于北京。1975年高中毕业后分配到晨星无线电器材厂工作。1982年大学毕业后分配到厂研究所工作并成为一名工程师。1992年离开该厂去了一家公司。1995年调入某学校，至今还在从事教育工作。

我问吴玉华当年照相的情景。她说："这张相片是我们欢送赵秀芳上大学的时候照的，当时主要是怕她走了不回来，所以就去天安门照了一张合影。那时到天安门让人感到很神圣，觉得天安门真的是我们心目中的红太阳。"

左少华接着说："天安门一直是全国人民向往的地方，现在外地来旅游的人那么多，天安门广场完全变成一个旅游景点了。"

赵秀芳和吴玉华是中学同学，当年她们三人还是同一个工厂的同事，又是非常好的朋友，几十年后的今天，她们依然每年都要相聚。

我一共上过十一所学校

陈晓莱，1961年生于太原。由于母亲工作、"下放"等诸多原因，他先后在山西、云南等地的学校就读，并完成了小学、初中和高中学业。1981年考入北京广播学院文艺编辑系，随后又保送到北京电影学院学习故事片编导，现为中央电视台主任编辑。

陈晓莱说起早年离开城市去农村，他说："我母亲是北京林学院毕业的。1970年，我们姐弟三人随母亲'下放'到山西省吕梁地区汾阳县杨家庄公社杨家庄大队第一小队，身份由城市平民变成了山里的农民。母亲整天在村里忙于核桃树的植保和水库设计工作，我们姐弟三人都在杨家庄一座古庙里上小学。村里的小学不正规，一切教学都是随着农耕情况而变化，在校学生也是以农活儿为主，好像帮助村上干各种农活儿才是天经地义的事情。上学时要带粪筐，随时积肥，放假时编入劳动大军，该干什么就干什么。冬天修渠，夏天割麦，容不得你年少无知，容不得你娇生惯养，容不得你手足无措。天不亮就要上早操，男男女女每人要准备一支长矛或者一支木头冲锋枪，杀声震天，整天备战备荒，没完没了，好像随时都要和号称'北极熊'的敌人打仗。包括大学在内，在山西、云南、北京，我一共上过11所学校。小时候的故事太多了，尤其是缺电缺水和缺油缺肉，给我印象最深。那时百姓生活穷苦，精神潦倒，终日劳作，却换不来吃饱穿暖。国家经济捉襟见肘，政治统治充满危机，八方树敌，四面楚歌，与世界进程格格不入，灾难的制造者却要求老百姓唱高调。其实自己是穷鬼，每天却要高喊，'要拯救世界上三分之二受苦人'！尽管不少人明辨是非，但大部分人还是敢怒不敢言。"

我问他老照片的拍摄经过。他说："我的这张照片是1977年10月，我随母亲从太原去辽宁省福兴地镇接姥姥时，途径北京在天安门前留的影。当年，中国正经受三大伟人去世、唐山大地震、粉碎'四人帮'、拨乱反正、'四化'建设等多种困惑。作为一名16岁的中学生，虽然来过几次北京，但依然感到很陌生，对京城也毫无亲近感。只是觉得路过北京，要在火车站枯等几个小时换车，所以就拎着行李去了天安门广场。照片上的我，表情很淡，没有什么幸福感。"

陈晓莱大学毕业先当老师，后做电视。1988~1993年之间，他与人合作并独立导演过《冷血》《地火》《关公》《大复仇》等多部电视剧。1993年加盟中央电视台"东方时空·生活空间"栏目，拍摄了许多反映老百姓现实生活的纪录片。先后在中央电视台《动画城》栏目担任主编和制片人，现为少儿频道《绿野寻踪》栏目制片人。

陈晓莱

1977

陈晓莱

2009

中国都是小学二年级毕业，那中国就完了

30年前薛建立路遇困难和王庆偶然相识，当时薛建立是知青，王庆是普通农民。几十年来，薛建立始终端着铁饭碗在体制内谋生，王庆却闯入北京打工创业，一直生活在体制的边缘。如今，薛建立每月能领900元生活费，王庆却成为京城老板。尽管相互间的生活发生了巨大变化，但他们依然兄弟相称，常来常往。

薛建立说："我1958年生于北京一个工人家庭。1977年——四中学高中毕业去通县永乐店王各庄插队，插秧、种地、赶马车，每天都很疲劳。有一次我从北京回村里，长途车走到半路的牛堡屯，天黑不走了。无奈之下我只好到大队部准备找地方住下，正好赶上王庆来玩。我们认识之后，王庆出去借了一辆自行车，摸黑骑车30多里路，把我送回了王各庄。当时我很感动，从此我俩成了好朋友。"

王庆说："我18岁那年的一个傍晚，在大队部见到薛建立，知道他被困住了。因为我在村里的玉器厂干过几天，稍微懂点美术，说起美术的时候，我觉得薛建立很懂，所以就有了一些共同语言，当天晚上我就骑车把他送回了他们村。

北京天安门留影 1977.11

王庆　薛建立
1977

王庆　薛建立

2009

过了不到一个月，薛建立突然来我家找我，让我跟他去城里玩几天。我就跟着他去了北京，在他家住了好几天，他还把我带到天安门照了一张合影。那是我第一次到北京，永远都不会忘记。"

1978年，薛建立招工去了崇文区花市电影院收门票。第二年他又调到天坛南里电影院当上了美工，整天画电影海报，从《小花》《牧马人》《庐山恋》一直画到美国大片，20年如一日。随着时代的变化和电视的冲击，1998年薛建立所在的电影院出租被改成了娱乐中心，吃喝玩乐一条龙服务，除了个别人留守，大部分职工回家吃租金。交完各项费用，他每月只能拿到810元。在此情况下，薛建立只好凭着特长刻字、做条幅、写招牌、布置展览，干起了第三产业。薛建立喜欢旅游，这些年他靠自己的劳动所获，几乎游遍了中国著名的山川古迹。

王庆说："我1978年初中毕业后在村里种了三年地。1981年村里派我去通县建筑工地打小工，村里每天只给五毛钱，再给记10分。1989年我自己跑到北京城里的建筑工地打工，干了半年就开始自己干。先是给人家修修房子刷刷墙什么的，因为我干活儿踏实，活儿越来越多，后来一个人干不

完就雇人干。1999年我组织了一个小装修队开始做装修。2007年开办了北京祥和建筑材料有限责任公司，招了十几个专业人员给我做管理，生意一直不错，有时一年上千万，有时几百万。工人最多的时候上百人跟着我干。"

现在，王庆再也不用骑自行车送薛建立了，因为他的公司大大小小养着好几辆车。早几年他就开上了奥迪 A6，房子也买到了三环里，儿子在加拿大留学，他本人前几年就读了 MBA，并且获得美国加州大学的毕业证。他说他听过很多人的课，最喜欢听柳传志的讲座。

王庆说："读了两年 MBA，让我真正明白了知识就是力量的意义，也发现了自己很多不足。通过 MBA 的学习，我发现无论是儒家思想和孙子兵法，还是市场营销和财务管理，都对我的帮助很大。没文化确实不行，所以我很支持孩子出去留学，要不然中国都是小学二年级毕业，那中国就完了。"

我亲身经历过五次原子弹爆炸试验

朱文奎，1941年出生于安徽省蚌埠市南郊。1960年部队院校来蚌埠市招收10名学员，他由蚌埠市三中保送进入西安军事电信工程学院，三年后转入重庆通信兵工程学院。1965年毕业后分配到广州空军通信团。同年底随空军高炮三师开赴越南前线参加抗美援越保卫战，保障军事通信的畅通。

朱文奎说："我们部队的任务是防空作战，抗击美国飞机轰炸交通运输线。当时通讯用的最好仪器是苏联进口的A211型电台。有一次，监视哨的电台出了故障，在没有交流电的情况下，只能用煤油炉烧烙铁来焊接，我和战友们在艰苦环境下，圆满完成了保障通讯的任务。每次打下美国飞机，我们都很激动。打了十个月仗回国后，国内正在搞文化大革命。开始我去广东省教育厅，后又到广州市越秀区公检法搞军管。"

1968年朱文奎借调到空军后勤部修建研究室，加入空军核试验效应大队。十多年间奔波在大西北的核试验基地，直到1978年才正式调入北京。他说："我亲身经历过五次原子弹爆炸试验，那时豪情满怀，经常征战在戈壁滩上那个特殊的战场，随着一次次蘑菇云直冲云天，我们冲进爆炸区的回收点，获得数以万计的测试数据和第一手资料，为国防现代化

做出了自己应有的贡献。正如邓小平同志所说的'如果20世纪60年代以来，中国没有原子弹、氢弹，没有发射卫星，中国就不能叫有重要影响的大国，就没有现在的国际地位'。"

1980年底，中国停止大气层核试验后，朱文奎在空军工程设计研究局从事工程测试仪器和传感器研究工作，又取得多项军队科技成果奖，并荣立三等功。1984年被评为局优秀知识分子。2001年退休前又通过考试取得了工程建筑监理证书，先后参加了北京市最高人民法院等军内外多个项目的监理工作，是一名获得很高成就的高级工程师，享受师级待遇。2005年正式退休后，开始学习书法，有时打打台球、跳跳舞、唱唱歌，过着丰富多彩的老年生活。

陆云慧，1943年生于上海。1967年毕业于华东师范大学，分配至江西上饶，后调入鹰潭一直从事教育工作。1980年照顾军事科研人员的政策下达后，她和朱文奎终于结束了9年的两地分居，调入北京市角门中学任教。她工作31年，先后担任班主任和教研组长，是一名具备丰富教学经验的高级教师。她退休前曾是北京市关心青少年教育协会理事，退休后仍是该协会会员。她撰写的多篇文章发表在《青少年犯罪研究》《法制日报》《晚晴》等报刊上。退休后陆云慧成为奥

运会和建国六十周年庆典活动的志愿
者，在社区治安巡逻。平时唱歌跳舞，
过着幸福充实的晚年生活。

朱振华，1972年出生。北京十五中
高中毕业后考入北京机械工业学院，
1995年毕业后进入国有企业从事技术
工作。后来跳槽从事IT工作，现在是
太平洋保险公司的网络工程师。

朱文奎和陆云慧对天安门有着深厚的
感情。1966年9月13日，毛主席第二
次接见红卫兵时，陆云慧在天安门广场
上见到了毛主席。至今，天安门在他们
的心中依然神圣，每年国庆他们都要去
一次天安门。

北京天安门留影 1978.7

陆云慧　朱振华　朱文奎

1978

陆云慧　朱振华　朱文奎

2009

高畅 高超 高镇垫 刘正芬 高越 高英 高海

1979

高畅　高超　高镇堑　高越

2009

我们用的枪很多都是缴获敌人的

━━━━━━━━━━━━━━━

高镇堃，1930年生于黑龙江省双城县。17岁入伍打仗，一直从松花江打到最南端的海南岛。当年天津市民举行祝捷大会，庆祝天津解放，记者拍了一张照片，照片中就有他的身影，至今还悬挂在中国革命军事博物馆和平津战役纪念馆。

高镇堃说："那时打仗和现在不一样，完全是依靠人的力量，经常连续作战，很艰苦。行军打仗除了枪支弹药，还要背七八斤重的粮食，每个人最少要背五六十斤重的东西，有时一天连一顿饭都吃不上。解放后又打土匪打了很长时间。我们用的枪很多都是缴获敌人的，有美国造的、日本造的。"

我问他哪年退休，退休后在家做些什么。他说："我1983年离休，心脏一直不好，已经做了三个支架，每天全靠吃药才行。今天来天安门拍照片很兴奋，要不然根本坚持不了这么长时间，早躺下了。我平时在家就是看看电视、看看书和报纸，最喜欢看过去拍的老电影，比如《地道战》《地雷战》《南征北战》《上甘岭》等等，都是表现我们这代人的，每次看都觉得很亲切。不像现在拍的有些电影，打仗的场景很不真实，一看就是假的。"

高畅15岁当兵，当了5年之后回到北京，现在北京建筑设计院医务室工作。高越和爸爸一样，也是17岁参军去了外地，

11年后才转业回到北京，现在国家机关工作。兄妹三人只有高超没当过兵，现在中国青年杂志社工作。

我问他们今天和当年在广场的感觉有什么不同。高超说："我们都在北京土生土长，小时候觉得天安门红墙黄瓦，高大美丽，这是我对天安门的第一印象。那时有照相机的人并不多，能在天安门前留个纪念照就很知足了。后来我多次陪亲戚、朋友去天安门，感受天安门的特殊魅力，对天安门的感情也在逐步加深。天安门是中国的象征，天安门广场的美丽寓意着国家的强盛。现在唯一让我遗憾的是，妈妈不在世了。"

不到一块钱，我们俩玩了一整天

罗义，1973年生于北京一个汽车司机家庭。1989年从北京劲松中学考入北京玉雕技工学校学习玉雕工艺，1992年毕业分配到北京玉雕厂工作，4年后辞职。

我让罗义讲讲他的经历。他说："没有什么好讲的，我的生活很简单，走到今天这步完全是逼上梁山。我们厂过去上千人，后来厂子不景气，从上千人减到几百人，又从几百人减到几十人，效益逐渐下降，我只好辞职。刚开始我做保险，做了三个月觉得不好做，就去家乐福超市当了理货员，做了三年又觉得收入太低，就辞职当了个体户。2002年我买了一辆三轮车在小区院子里开了一个蔬菜水果摊，刚开始天不亮就去批发市场上货，每天都觉得很累，后来做明白了，也做出经验了，就没那么累了。现在每天的营业额大概都在三四百元之间，好的时候一千多元，生活还算凑合吧。"现在，罗义再也不用蹬着三轮车去进货了，因为他已经购买了专门进货的汽车。

罗金凤，1965年出生。1983年北京东铁匠营第二中学高中毕业进入北京第二汽车齿轮厂工作，1990年调入崇文区房屋土地管理局工作。她认为自己的工作单位还不错，最起码没有下岗。

罗金凤说："这些年随着危改和拆迁，我们的工作量越来越小。原来我们崇外房管所管的房子很多，现在越来越少，很多人也不需要上班了，虽然不上班收入低，但三险都给上。现在我在家主要是炒炒基金和股票，进账虽然不多，总体还是赚钱。除了炒基金和股票，有时我还帮一家公司推销红酒，希望多赚点钱好供孩子上学。我女儿今年16岁，学习很不错，她自己考的汇文中学，小提琴也拉得非常好，希望她长大能有出息。"

我问罗金凤当年为什么和弟弟去天安门照相。她说："1979年国庆节那天，学校放假，我听说戴红领巾去公园玩不收门票，所以我就带着弟弟出去玩。记得走的时候我妈给了我一块钱。我们那天去了故宫、景山、北海，还在景山采了很多野花，一路上除了每人吃了冰棍，再没花任何钱。身上的钱没花完，我就带弟弟去天安门照了一张相。那次我记得很清楚，从我们家到前门的车票是一毛，弟弟小不要钱，来回一共花了两毛，照相花了4毛，连车票一共花了6毛。当时冰棍有3分的，也有5分的，我们吃的好像都是3分的，回到家好像还剩了一两毛，等于不到一块钱，我们俩玩了一整天。"

1979年到现在已经整整三十年，罗金凤和罗义当年用一块钱玩了一天还有结余，假如现在两个孩子再去同样的地方玩一圈，恐怕至少也要200元。因为现在戴红领巾不可能免收门票，冰棍也没有3分钱的说法，照相也没有4毛钱的价格，唯有公车票的涨幅不算太多。

北京天安门留念
大北摄影1979.国庆

罗义 罗金凤

1979

罗义　罗金凤

2009

1980 天安门 留影
TianAn Men liu Ying

刘增荣

1980

刘增荣

2009

我想通过黑明的摄影让自己进入历史

刘增荣，1963年生于福建省上杭县中都镇田背村一个普通农家，毕业于中都中学。1979年作为一名理科生报考大学落榜后，第二年复读文科并以上杭县文科状元的成绩考入中国人民大学财政系。1980年9月13日他走出大山，来到了少年时代魂牵梦萦的首都北京。

刘增荣说："那时候重点大学的录取率只有3%左右，1980年人民大学面向全国一共才招了300多名学生，能考上重点大学是一件很不容易的事情，不像现在一般都能上大学。我那时候报考财政系主要是受我舅舅的影响，他当时是县财政局的干部，回到村里好像挺牛的，所以我就报了财政系。那时候我才17岁，根本不懂什么专业适合自己。我收到录取通知后，在我们当地也算是一件很大的事情，不少亲戚朋友都去我家看我，他们有凑三块五块的，有凑十块八块的，所以我来北京时兜里装着300多块钱呢。刚到北京没几天我就跑到天安门广场去玩，尽管照一张相五六毛钱相当于好几顿饭钱，但我还是毫不犹豫地照了一张，而且还加洗了十几张分别寄给了家人、亲戚、老师和同学。"

刘增荣凭着每月22元的助学金以吃熬白菜为主读完了四年大学，1984年毕业分配到首都经贸大学任教。由于不喜欢自己的专业，1997年转入学校宣传部新闻中心从事编辑、记者和摄影工作。他说："我从小喜欢写作、摄影，不喜欢数学，当年要不是因为舅舅，我绝不会报考财政系，所以教了几年书觉得没有什么创造性，就到了宣传部工作。编校报不仅可以名正言顺地写文章，还可以拍自己喜欢的照片。这些年除了在校报发表文章，还在《北京晚报》《知音》以及北京电台等多种报刊媒体发表了不少作品。"现在，他还开辟了自己的实名博客，经常参与拍摄活动，在网上不断发表自己的纪实摄影作品。

记得有一次我在中央电视台的《新闻周刊》节目中看到了刘增荣，当记者问他为什么提供老照片并参加这次拍摄时，他说："我在《北京晚报》看到天安门这组照片的时候，很激动，很快就和黑明取得了联系，希望自己能够进入这本特殊的摄影集。因为我们普通老百姓很难有机会进入历史，所以我想通过黑明的摄影让自己进入历史，而且这也是一次回望人生和思考人生的好机会。"

信仰给予我的远远不只是心灵上的安顿

叶敏燕，1978年生于北京一个建筑师家庭。在北京垂杨柳小学度过了儿童时代，在劲松一中读完了初中和高中，1999年从首都经贸大学毕业后走向社会。

叶敏燕说："我妈妈一直从事财务工作，所以上大学给我也报了会计专业。毕业后我到北京城建集团当了会计，干了两年，觉得一点意思都没有，所以就辞职了。当时我一心想出国留学，2002年开始在北京外国语大学学英语。断断续续学了三年，后来又参加封闭式培训4个月，2005年我考过了雅思，准备去澳大利亚。结果那时候网上正好流行一个叫九红的女孩子写的文章，文章题目我忘了，大概意思就是中国很多留学生在国外不务正业、瞎混，都被耽误了。当时我爸爸很关心这些事，他在网上看了这篇文章后，死活不让我走，害得我和我妈妈办的很多证明手续都作废了，最后就没去成。

"既然不去了，那总得找点事干。2005年我在西直门开了一家店，做仙妮蕾德纯天然食品和化妆品的销售，做了三年，生意挺不错的。从去年开始，仙妮蕾德的门槛越来越高，我就放弃不做了。因为北京现在位置稍微好点的地方，100平方米的门脸房，一年至少也要四五十万的租金，辛辛苦苦赚

的钱都交房租了，所以我不能接受仙妮蕾德的新规定，不得已才割舍了最初的梦想。"

我问叶敏燕今后做什么。她说："这个问题不仅你问，也是我爸爸问得最多的一个问题。我爸爸过去是军人，很严肃，我辞职后多次跳槽，他很反感。后来我做生意，接着又跳槽。他总觉得我没有稳定性，经常说我还没有活明白。他让我清楚地认识自己，还说有能力在哪都会发光，让我好好想想，不要觉得自己想做什么，而是要知道自己能做什么等等，经常不停地教育我。"

我问叶敏燕成家没有，她笑着说："没有，你说我是不是特别失败啊？我爸爸前几天还说我'你看看你有什么！'我想想也是，自己还真是什么都没有。不过找对象这事我一直没有当特别重要的事情去做，好在这件事我爸妈还没开始催，要不然我都没地方住了。"

叶敏燕的性格非常开朗，总是那么无忧无虑。我问她为什么。她说："在一次偶然的机会，我听到夏威夷一位基督徒信主的经历和见证，那一刻我被深深感动。没过几天我就只身去了香港，在耶稣基督后期圣徒教会接受洗礼，从此开始了我的

基督教信仰生活。两年过去了，信仰给
予我的远远不只是心灵上的安顿，更多
的是教会我如何看待自己和生活，用一
种良善和感恩去面对周遭的人和事，我
的幸福和快乐来得就这么简单。"

在我们对话过程中，她从头到尾都带着
灿烂的笑容，就像她两岁生日那天爸妈
带她去天安门照相时一样，无忧无虑。
叶敏燕虽然觉得爸爸和她有代沟，但谈
话中我还是明显能感觉到她对爸爸那
种感情是无可替代的。

叶敏燕

1980

叶敏燕

2009

袁津　袁瑛

1981

袁津　袁瑛

2009

每次跳槽都是想找一个更适合自己的平台

袁津，1977年出生。父母早年支边新疆，她于20世纪80年代末跟随父母回到故乡天津。1995年考入天津建筑工程学院装饰艺术专业，毕业后在天津从事建筑室内设计工作。2003年夏季来到北京，继续为自己的梦想打拼。

袁津说："这些年虽然跳槽不少，但在事业上还是比较顺利。每次跳槽都是想找一个更适合自己的平台，并且每次都有收获，也有所提升。毕竟自己干这行已经十几年了，圈子里也有不少熟人，跳槽相对还是比较方便。"

袁瑛是袁津的姐姐，她说："我大学毕业后一直当会计，工作很稳定。前段时间突然不想上班了，所以刚刚辞职和别人一起经营一家公司，效益很不错。"

我问她们小时候在天安门照相的情况。袁津说："那时父母都在新疆支边，我和姐姐有时在天津老家上学，有时在新疆上学，我俩每次跟随父母从新疆回天津都要在北京逗留一下。那时的孩子特别向往首都北京，天安门是我们心中最美好的地方。1981年夏天路过北京的时候，我妈妈特意带我俩去天安门照了一张合影，成了我们姐妹珍贵的纪念。"

现在，袁津和袁瑛都有了自己的家，也都有了孩子，家庭很幸福。袁瑛的公司生意兴隆，袁津在北京也很出色，并且在东三环和东四环先后购置了两套商品房。袁津说："经过奋斗，已经在这个城市安下了家，最大的愿望就是踏踏实实做自己喜欢的事情。"

在北京，我们见到了毛主席

侯文昭，1943年生于哈尔滨一个工人家庭。1967年从哈尔滨师范大学历史系毕业后分配到小兴安岭鹤立林业子弟学校任教，几年后为跟随身为军人的丈夫，前往陕西宝鸡一所学校继续任教。1976年批林批孔运动期间，历史课停开，转为语文教师。1978年恢复高考后，她重新走上高中历史讲台，一直担任高三毕业班班主任和历史课的教学工作。1983年随丈夫举家迁至北京，成为北京六十一中的一名教师。

侯文昭说："1966年'文革'开始后，全国一下就自由开放了，各大中专以上的学生都出去串联。那时候坐火车、轮船等交通工具都不要钱，吃饭也都免费。我们七八个同学国庆节来北京串联，被安排住进了一个小学教室，还给我们发了军大衣。我来北京时病了，当时住进阜外医院，住了整整一周，一分钱都没要，真的就像提前进入了共产主义社会，干什么都不要钱。在北京，我们还见到了毛主席，我们班长还和林彪握了手，很多同学都建议他不要洗手，回去好让老师同学都握握他的手。那时候的串联，就等于是免费的红色旅游。有的人不仅来过北京，还跑了全国很多地方。"

给她印象最深的是"文革"期间毛主席"最高指示"的发表。她说："我那时候特别害怕毛主席发表最高指示。只要他有

最高指示发表，半夜三更都得起来打着灯笼敲锣打鼓地游行，有时还要放鞭炮庆祝，几乎三天两头就要庆祝一次，谁不去谁就是反革命。记得在我怀孕的时候，照样跟着游行，怕当反革命。那时不仅行动要跟上，就连说话也要格外小心。记得毛主席逝世，我和几个同事说，'江青每天都围个头巾，就像个巫婆'。结果我说的这句话被一个人无意当中揭发了，让我一次次写检查，把我审查了很长时间，还说我去北京不徒步，是坐火车去的，说我是地地道道的资产阶级思想。上大学时，参加社教，没有东西吃，平时很饿，就买大山楂丸当糖吃，结果越吃越饿。父亲去世时，怕影响我的前途，家里都没告诉我。那时候把吃豆腐、粉条都说成是腐化，如果发现你吃过油炸的东西，就更是资产阶级了。所以我那时只能喝大馇子粥。其实我到任何一个学校教书都算是骨干，而且也经常被评为先进。直到'四人帮'打倒之后，我才松了一口气。"

现在，侯文昭有一个很幸福的晚年，尤其是她的两个孩子工作兢兢业业，为人忠厚善良，乐于帮助别人，让她很是欣慰。

张海燕　张凤来　张海涛　侯文昭

1981

张海燕　张凤来　张海涛　侯文昭

2009

北京天安门留念
大北 1982 摄影

王婷婷

1982

王婷婷

2009

网店和公司一定要属于我自己

王婷婷，1979年出生在呼和浩特一个知识分子家庭。她的父亲是1968年从北京去内蒙古插队的知青，她的母亲是1969年从北京去内蒙古的兵团战士。后来他们考上大学并留在呼和浩特工作，于是王婷婷降生在内蒙古的土地上。

王婷婷的母亲邸女士说："我和婷婷她爸都是老高中的，我在兵团待了三年，当地就推荐我去南京理工大学读书，学的是火药专业，听起来挺吓人的。周围的人都说专业不好别去，当时真是饥不择食，何况上大学是我梦寐以求的愿望，所以通知一来，我马上就去南京理工大学报到了。婷婷她爸爸是恢复高考后的第一届大学生，当时他想考回北京，那时当地害怕人才外流，不允许报考外地的大学，所以他只好考当地的大学。他从内蒙古师范大学政教系毕业后留校任教，我大学毕业后又分回内蒙古的航天部第四研究院。在内蒙古呼和浩特待了20多年后，1991年我们调回了北京。他在一五六中学教书，我在航天部下属的研究院干我的老本行。婷婷当时12岁。"

王婷婷从小就很聪明，她在西直门二小和一五六中读完了小学六年级和初中，初中毕业顺利考入北京四中。遗憾的是1998年高考之际，她突然开始发高烧，只好带着高烧走进考场，最终没能进入她理想中的重点大学，考入了中华女子学院社会工作管理系。四年后毕业进入一家网站工作，第二年她便辞职和朋友合伙注册了自己的公关公司。一年后他们体会到了自己的不足，深感社会经验和人脉资源还有待提高和加强。于是2004年王婷婷应聘到中华英才网工作，从项目经理一直做到区域经理。2009年8月调往杭州分公司工作。

王婷婷说："工作很忙，也很累。希望一年后回北京单干，或者开网店，或者开公司，不管是网店还是公司一定要属于我自己。"

那时我们很讨厌被围观

温鑫和温磊是双胞胎，1978年10月生于太原，父母都是普通的上班族。哥哥温鑫比弟弟温磊早出生20分钟。他俩从小都是标准的好孩子。小学在同一个班，一个是大队委员，一个是中队长；初中时一个是学习委员，一个是班长；高中一起考入了山西省最好的中学——太原五中，在同一个班。

1997年高考之后，他俩结束了长达18年的共同生活，温鑫考入华北电力大学计算机系来到北京，温磊保送到了山西大学物理系。4年后温鑫留在北京梦龙软件有限公司从事研发工作，温磊奔赴中国科学院上海光学精密机械研究所工作。

温鑫说："20世纪七八十年代的时候，双胞胎好像没有现在这么多。记得很多次我爸妈带我们上街经常被人围着看，那时我们很讨厌被围观，不过围观者大多还是在夸奖我们。另外我们这代人大多都是独生子女，那时我爸妈收入都很低，养两个孩子并不是那么容易，所以我俩很长一段时间都是一个在姥姥家，一个在奶奶家，每周互换一次，直到上了幼儿园才开始回家住。

温磊接着说："当时，我妈妈为了照顾我们，放弃前途并调进少年宫工作，因此我俩很小就开始享受免费的兴趣班，美术、书法、计算机，学过很多种。包括现在的一些兴趣，都和小时候的学习有着紧密关系。"

1986年暑假期间，小学一年级的温鑫和温磊在爸妈和姥姥的带领下第一次来到北京。温鑫说："那次来北京我们住的是什刹海边上的一个亲戚家。有一天我们到了天安门后，我俩已经玩得很累了，爸妈非要逼着我们照张相，尽管表情都不是很自然，但我一直认为这张照片很珍贵。"

2007年夏，为了这次拍摄，温磊特意带着媳妇从上海来到北京，并且购买了和温鑫同样的上衣和鞋，不仅热情地配合我的拍摄，兄弟俩还搂着各自的媳妇，留下了一张更有纪念意义的照片。

北京天安门留影

温磊 温鑫

1986

温磊 温鑫

2007

离开中国

黑墨，1986年生于延安，长于北京，2009年大学毕业。喜欢音乐、旅行，有时写游记、有时写小说、有时摄影，出版有长篇小说《不靠谱》和摄影集《黑墨影像》。

黑墨三岁时，已经认了不少字，而且极度崇拜孙悟空。在幼儿园大班的时候，就能熟背《西游记》很多章节。刚上小学一年级，他就把作业本上的名字改成了黑孙悟空……上二年级时，竟然偷偷拿走家中900块钱，买了十几个足球发给十几个同学。后来此事败露，家人才得知他成立了一个足球队，自封队长。小学期间，他除了和"魂斗罗""忍者神龟""街头霸王"们拼搏，还学过书法、绘画、武术、游泳、象棋、围棋、乒乓球等等，后来他发现对什么都没有兴趣。

初一时，他和朋友创办了"风云娱乐网"，不到半年，会员竟然发展到上千人，还多次组织会员去唐山、廊坊、北戴河等地召开年会。有时他还去地铁散发传单，号召市民抵制日货。加之痴迷《水浒传》《三国演义》之类的小说，把学习耽误得够呛。幸亏中考之前，父母答应他考上市重点给他换一部新手

黑墨

1992

黑墨

2009

机，他才报了一个晚间补习班，学了两个月，不仅获得了北京市奥林匹克数学竞赛二等奖，还顺利考入北京市一所重点中学。面对百年名校，他的抵触情绪非常强烈，老师多次把家长叫去训话。

高一时，他又痴迷上了摇滚乐，吉他、音箱买了一大堆，自编自唱，歌词极为颓废。后来他参加了"唐朝乐队"的培训班，一混又是一年多，"学习无用论"在他身上进一步体现，把他妈妈气得一次次流泪。高三时，依然如此，就连大学都差点儿不考，经家里人再三劝说，他才参加了高考，最终迈进大学的校门。

有一年春节，他突然要去西藏。家人说冬天不安全，劝他夏天再去。他说就是要去看看西藏的冬天是什么样子。无奈，家人只好嘱咐他注意安全。一个月后，他从西藏风尘仆仆地回到北京，拍了不少照片，写了不少游记。

2009年夏季，他听的摇滚乐和流行歌曲突然变成了《大悲咒》和《清净心》。家人问他是不是想出家，他说还没想好。结果没过多久，暑假来临，他不顾阻拦，离家出走去了湖北，一个人上了武当山。不知通过什么人引荐，住进了道观紫霄宫，跟着一群老道练太极拳、念道德经，和家人断了联系。好在不到一个月，他就跑了回来。家人说："怎么这么快就还俗了？！"他说："那里蚊子太多，赶都赶不走，真受不了，不出了！"不过他从武当山回来突然变了样，似乎明白了学习是为自己，大四一年再也没有出去乱跑，顺利拿到了毕业证和学位证。

2009年秋，他突然放弃已经准备了整整半年的考研计划，对家人说："我想离开中国，去法国学艺术，要是能混下去，以后就不回来了。"作为一名工科生跑到法国学艺术，家人和朋友都认为不是最好的选择，但他执意要去。经过半年的法语培训，他顺利过关并获得赴法留学签证。

2009年10月6日，黑墨独自一人背着书包，离开北京赴巴黎留学。现在巴黎大学就读硕士研究生。

邹秀英

1956

邹秀英，1936年生于上海。1956年上海格致中学高中毕业，同年进入北京新华字模厂从事字体设计工作。1986年退休后返聘到北京汉仪公司继续从事字体设计，2007年离开工作岗位。先后从事字模设计50余年，设计有汉仪秀英体、汉仪竹节体、汉仪家书体等十余种字体。曾获国家科技进步奖、日本森泽国际字体设计大奖，为中国字体设计做出了很大贡献。

邹秀英

2009

李玉峰，1932年生于河北省清河县城关镇。1952年小学毕业来到北京并进入坐落在门头沟区的京西矿务局，成为煤矿工人。此间他边工作边上夜校。1960年进入京西矿工报社从事编辑、记者工作。1970年起担任摄影工作，先后在多种报刊发表作品，为一代又一代北京矿工留下了珍贵的影像资料。1992年在北京矿务局下属的北京矿工报社退休。

李玉峰
1956

首都天安門留影 1956.5 中山公園照像部

李玉峰
2009

首都天安门留影 1956.12 陈立柱摄影师

陈立柱

1956

陈立柱，1936年生于徐州市。1955年考入北京大学俄罗斯语言文学系，毕业后教书育人18年，并且从事过多年翻译和编辑工作。曾任北大徐州校友会副会长，徐州译协、编辑协会和民俗学会副理事长，《中国物资再生》杂志主编。1996年退休。虽然离开北大已经50余年，但他和北大依然有着深厚的感情，他的儿子也早已担任北大软件学院院长。

陈立柱

2007

高玉金，1946年生于河北
省莘县。1956年随家人迁
入北京。1961年毕业于北
京 六 十 一 中，1964 年 进
入七机部第二研究院工作，
1996年在航天工业部退休，
为航天事业奋斗了32年。

高占标，1951年出生。1967
年毕业于白家庄中学。在北
京市建筑住宅公司工作。

高玉芝，1949年出生。曾
在航天部工作，1991年因
病去世。

高玉金
高占标
高玉芝

1957

高玉金
高占标

2007

首都天安门留影 1957.7. 中山公园照像部

弓蒙恩

1957

弓蒙恩，1939年生于哈尔滨。小学一年级的时候，跟随做生意的父亲来到北京，曾就读于北师附小，多年跟随父亲往来于北京和东北之间。1955年考入长春汽车工业学校汽车制造专业。1959年分配到北京农业机械厂担任技术员，后在北京内燃机总厂担任高级工程师。曾参与过130货车和212吉普车的设计和改进工作。1993年退休。

弓蒙恩

2009

于良华，1932年生于山东省浮山县海洋所区水头村的一个小岛，小岛上的人们一直过着半渔半农的生活。他1949年进入浮山口海关当了检查员，1951年调入上海海关工作。1954年进入复旦大学工农速成中学读书，1958年考入复旦大学哲学系。1963年毕业分配到中国社会科学院哲学研究所工作，曾担任特聘研究员、副所长。参与撰写六部论著，享受政府津贴。

于良华
1958

于良华
2007

首都天安门留影1958.5.中山公园摄影部制

陈笃菊
朱祯祥

1958

朱祯祥，1929年生于郑州。1948年参军南下重庆，先后在中国科技大学和中国科学院管理干部学院从事思想政治工作多年，1985年离休。他的爱人陈笃菊1935年生于重庆开县。1957年万县卫生学校毕业后分配来到北京，在解放军301医院从事护士工作。1958年从解放军309医院转入阜外医院，先后在中国科学院和中国科技大学从事过多年医务工作。

陈笃菊
朱祯祥

2006

张守信，1929年生于天津蓟县上仓镇东塔村。1949年随村民来到北京门头沟区黑山煤矿当矿工，在井下挖煤好几次有惊无险。 1952年改行成为一名地勘队员，在此期间刻苦钻研专业知识，1958年由企业保送到北京煤炭工业学院学习采煤专业。1961年毕业返回地勘队工作。1975年起在北京矿务局先后从事人事和工会工作多年。1991年退休。

张守信
1959

首都天安门西部，1929.12北京大地摄

张守信
2009

刘国斌
1959

刘国斌，1932年生于河北省乐亭县一个大户人家。1953年毕业于中央财经学院。作为首批国家足球队的守门员，他曾多次参加国际足球比赛，1955年毛泽东和周恩来看完一场比赛接见球员的时候，毛主席夸他"守门守得好！"至今他家墙上还挂着他和毛主席握手的照片。他说他和毛主席握手的照片是前几年才得到的，要是早得几十年的话，就不会遭受当年的折磨了。

刘国斌
2009

杨贵祥，1941年生于河北省行唐县。1958年考入华北化工技工学校，1960年起在北京化工实验厂工作。1961年参军前往成都并进入解放军13航空学校学习轰炸机飞行，培训两年后赶上中苏关系破裂，两国断交后苏联停止对中国的飞机供应，随后他转业回到北京化工实验厂从事行政工作。1998年原单位被拆迁解散提前退休。他的哥哥杨贵芳今年85岁，在老家务农。

杨贵祥
杨贵芳

1960

杨贵祥

2009

首都天安门西群 1960.8.20京人师级

孟树昆

1960

孟树昆，1937年生于辽宁省辽阳市。1958年从辽阳一中考入东北工业学院冶金专业。1964年毕业分配到北京有色金属研究院工作，曾任技术员、工程师、高级工程师、中国有色金属工业协会镁业分会秘书长和常务副会长。多次在国内外重大学术会议演讲，并获国家科研成果奖，享受政府津贴。1999年退而不休，继续为有色金属工业发挥着自己的力量。

孟树昆

2007

许成基，1927年生于安徽省来安县雷宫集。小时候在村里读过私塾、放过牛、种过地。1944年参加新四军并成为二师四旅十二团的战士，先后参加过微山湖、孟良崮、舟山和渡江战役以及抗美援朝等多次战斗。他说自己打了二十多年仗，只受过几次轻伤，是八级伤残。20世纪60年代初，他曾担任21军61师司令部协理员。1985年在三机部第四研究所离休。

佚 名
许成基
1960

首都天安门西界 1960.11 北京大北照

许成基
2009

余世诚
武革非

1961

余世诚，1937年生于河南省禹县。1961年毕业于北京石油学院，1964年中国人民大学国政系研究生毕业。北京石油学院博士生导师。曾获全国突出贡献教育专家，享受政府津贴。出版有《邓小平与毛泽东》《杨明斋调查记》等十余部专著。

武革非，1936年生于河北省蔚县。1961 毕业于北京石油学院炼制专业。在北京石油学院任教30余年，1994年退休。

余世诚
武革非

2007

瞿定焕，1932年生于湖北省公安县复兴场村。1947年考入江陵县简易师范学校，1949年参军。他说自己打过多次小仗，但没打过大仗。1961年由荆州军分区公安大队调到公安部二炮司令部政治处工作，1980年任二炮通讯团政委。1981年在中央政法干校学习。1982年转业到北京市西城区司法局任局长。1989年任西城区政法委常务副书记。1995年离休。

瞿定焕
1961

一九六一年春于首都人民ㄣ西刊

瞿定焕
2006

首都天安门西郊 /1963.2.4

刘 璞
1963

刘璞，1939年生于辽宁省营口县。1959年从辽阳一中考入沈阳药学院抗菌素专业，1963年毕业分配到天津制药厂从事技术工作。1973年调入北京有色金属研究总院冶金药剂研究室从事研究工作，1994年退休。当年，大学毕业分配到天津之后，在她途径北京的时候，趁着在北京站换车停留的短暂机会，特意赶到天安门广场留下了这张青年时期的纪念照。

刘 璞
2007

尹汝玺，1946年生于北京一个高级知识分子家庭。1970年考入北京电影学院机械系，先后在北京电影机械研究所、中央广播电视大学工作。

尹君瑞，1944年生于北京。1963年毕业于北京第八女子中学，1968年毕业于北京铁道医学院医疗系。先后在山西大同铁路医院、河北保定铁路医院、北京铁路总医院、北京世纪坛医院担任眼科医生30余年。1995年退休。

尹汝玺
尹汝珊
尹浚川
张淑芳
尹君瑞

1964

尹汝玺　尹君瑞

2009

陈祖树

1965

陈祖树，1938年生于湖南省衡阳市衡南县。1955年衡阳二中毕业。1956年参军前往广州某部成为通讯兵，1959年调往总参西安某部，1964年调入总参三部来到北京，1972年转业到北京科学仪器厂工作，1978年调入文化部行政司后勤处工作，1994年退休。陈祖树喜欢运动，尤其热爱游泳，在部队的特殊训练造就了他的特殊体能，至今每天都在坚持锻炼。

陈祖树

2009

袁毅平，1926年出生于江苏省常熟市沙洲县鹿苑镇。1939年在上海参加工作。1949年后历任重庆新华日报社记者、人民日报社记者、大众摄影杂志编辑组长、中国摄影杂志主编、中国摄影家协会副主席等职。举办过多次摄影展览，发表过300多篇论文，出版有多部专著。1985年荣获国际摄影艺术联合会授予的杰出摄影家称号。

袁海鹰
袁海鹏
屈元香
袁毅平
袁晓梅

1965

袁海鹰
袁海鹏
屈元香
袁毅平
袁晓梅

2005

首都留影 1966

侯文昭
1966

侯文昭，1943年生于哈尔滨。1967年从哈尔滨师范大学历史系毕业后分配到小兴安岭鹤立林业子弟学校任教，几年后为跟随身为军人的丈夫，前往陕西宝鸡一所学校继续任教。1976年批林批孔运动期间，历史课停开，转为一名语文教师。1978年恢复高考后，她重新走上讲台，担任高三的历史老师。1983年随丈夫迁至北京，成为北京六十一中的教师。

侯文昭
2009

王子冀，1949年生于北京。1969年赴延安地区宜川县新市河公社插队，在中央机关工作多年，1989年辞职。其父王鹤滨曾为毛泽东的专职保健医生。在《红墙内外》等多部书中生动地描写过王子冀小时候在毛主席家吃饭，毛主席哄他吃辣椒的一段趣事。王子冀曾主编纪实文学《回首黄土地》并改编同名电视连续剧，出版有长篇纪实文学《守望记忆》。

王子冀
1966

王子冀
2009

天安门留念
（北京 一一 /61）

杨永林
于琴双

1967

杨永林，1941年生于河北省南宫县。1959年初中毕业参军，在北京某部度过了26个春秋。1986年转业到中国人民银行并担任李保华行长的秘书，10年后出任中国人民银行钱币博物馆副馆长，2001年退休。

于琴双，1943年生于南宫县。1975年随军进京，1976年在北京西郊食品冷冻厂参加工作，1998年按政策办了退休手续。至今还在北京一家公司工作。

杨永林
于琴双

2006

齐洪进，1958年生于天津。1978年天津五十中学高中毕业，1980年考入天津交通技校，毕业后分配到天津汽车运输二场当了货车司机。10年后辞职成为自由职业者，有时买卖二手车。

齐洪强，1954年出生。1970年初中毕业分配到大港油田工作，1973年参军去了西安，1976年复员回到天津客车厂从事保卫工作。现在天津市公安交通管理局南开支队工作。

齐洪霞
齐洪进
齐洪强

1967

齐洪霞
齐洪进
齐洪强

2007

北京天安门留影 1967.7

齐洪霞
齐秋荣

1967

齐秋荣，1958年生于天津。1976年南开大学附属中学初中毕业后分配到天津市工业用呢厂工作，先当工人，后当会计，2008年退休。齐秋荣说当年姐姐带她第一次来到北京，那时她还在上小学，广场上的人很少，周围也没有什么栏杆，长安街除了跑着公共汽车，几乎再没有别的车。不像现在旅游的人这么多，挤得走都走不动，长安街还堵车，和过去完全不同。

齐洪霞
齐秋荣

2007

齐洪霞，1948年生于天津。1965年入伍后分配到北京军区总医院工作。"文革"期间先后六次带领外地红卫兵接受毛主席的接见，并在天安门广场参加了国庆20周年的大型活动。1976年毕业于解放军白求恩国际医学院，后成为一名医术高超的妇科医生。当年她只要15分钟就可以完成一例剖腹产，一天最多做过11台手术，大大减轻了产妇的痛苦。戴美兰是她的战友。

齐洪霞
戴美兰

1968

1968　首都 天安门 留景

齐洪霞
戴美兰

2007

1968新年 首都 天安门留影

马仲清

1968

马仲清，1947年生于北京。1964年毕业于北京六十四中，同年在北京核仪器厂参加工作。历任工人、班长、研究室主任，还先后在朝阳区城建公司和劳动服务管理中心工作多年，2007年退休。现为北京市政府人民建议征集办公室特邀建议人、朝阳区政协文史资料特邀研究员、北京人民广播电台特邀新闻观察员，对北京胡同文化和对伊斯兰宗教文化有着很深的研究。

马仲清

2009

苗淑珍，1951年生于北京。1967年毕业于门头沟区城子中学。初中毕业回三家店务农，三年后去北京铁路分局内燃机务段食堂当了厨师，做饭三年后上了分局的七二一大学学习机械专业。1976年毕业进入铁路分局西山疗养院的药房工作，2006年退休。

孙锡凤和苗淑珍是1970年同时参加工作的伙伴，当年她俩非常要好，平日形影不离，至今往来密切。

苗淑珍
孙锡凤

1975

苗淑珍
孙锡凤

2009

天安门留念
北京一九七五年

魏 斗
1975

魏斗，1960年生于四川省青川县，三岁时随姑姑定居北京。1977年北京垂杨柳二中高中毕业，曾在中国书画函授大学学习国画，在市场报社和中国信息报社担任过美编、实用版主编和广告公司总经理，2004年提前内退专心在家绘画。他的作品多次在国内外参展并荣获大奖，多件作品被多家美术馆和博物馆收藏。现为中华书画协会常务副主席兼秘书长。

魏 斗
2009

郑凤霞，1956年生于北京。
1972年初中毕业于北京
一四五中学。1973年到平
谷县门楼庄公社插队，曾在
北京铁路分局丰台水电段工
作32年，2006年退休。

郑凤兰，1951出生。1968
年分司厅中学初中毕业赴黑
龙江生产建设兵团成为一名
兵团战士。1978年大返城
的时候回到北京运输四场工
作，2000年退休。宋涛是
她建设兵团战友的儿子，现
定居加拿大。

郑凤霞
宋　涛
郑凤兰

1976

北京天安门留影 1976.3

郑凤霞
郑凤兰

2009

北京天安门留影 1976.3

窦海燕
宋 涛

1976

窦海燕，1972年生于北京。1988年毕业于北京八十五中学。1989年起在北京市糖业烟酒公司从事财务工作，曾用业余时间就读于北京广播电视大学专科和北京商贸学院经济管理系的本科。

当年和窦海燕在一起照相的男孩叫宋涛，宋涛是跟着他妈妈的同事、窦海燕的姨姨来北京玩的时候在天安门前留下了这张合影。宋涛毕业于天津大学，照完合影后他俩再也没有见过面。

窦海燕

2009

高朝栋，1939年生于上海。
1959年从上海嘉定中学考
入中国纺织大学。1964年
毕业分配到中国纺织工业设
计院从事设计工作，高级工
程师。他一生不求名、不图
利，没入党、没做官，专心
从事本职工作，1999年退
休回家安度晚年。

高萍，1968年生于北京。
一五四中高中毕业，1990
年大学毕业进了一家中美合
资企业，10年后放弃工作
成为一名自由职业者。

高 萍
高朝栋

1976

高 萍
高朝栋

2009

郭金兰

1976

郭金兰，1952年生于北京。1968年北京八十五中初中毕业，第二年分配到北京化工三厂工作。1986年就读北京化工学校档案专业，毕业后从事档案管理工作。1997年化工厂进行企业改革，按照有毒有害岗位的相关规定，建议她将干部身份改成工人身份提前退休，否则就得买断工龄，她只好退休。随后化工厂彻底倒闭，郭金兰被凯协宾馆聘去当了会计，至今还在工作。

郭金兰

2007

陶晓梅，1957年生于北京。1976年北京七十二中高中毕业进入北京市东城区饮食公司，1985年调入北京华龙实业公司，2003年内退后继续在国华国际承包有限公司从事财务工作。2008年奥运前夕她有幸参与了整个鸟巢的标识工程，这让她记忆深刻。

林勤，1957年生于北京。1976年在北京七十二中高中毕业后参加工作，1980年进入中央广播电视大学从事编辑、管理工作至今。

陶晓梅
林 勤
1976

陶晓梅
林 勤
2009

李 亭

1977

李亭，1976年生于西安。先后跟随赴陕北插队的母亲在宝鸡等地生活。1993年毕业于北京市海淀区商业职业技术学校，第二年报名参军去了云南。两年后复员回到北京成为海淀区环卫局的汽车司机。运送垃圾三年后辞职再去云南，和战友合伙做起了烟草生意。三年后重返北京，进入一家民营电子企业开车，这次打工开车，他给老板开的是最新款宝马轿车。

李 亭

2009

徐洪义，1956年生于山东省东阿县。1975年东阿三中高中毕业参军。先后在中央军委工程兵政治部文工团、总参干休所历任班长、司务长。当兵18年后转业回到东阿商业局工作。为了留在北京的媳妇张兰芝和儿子，不到一年他便办了停薪留职手续回到北京。这些年他先后在中直管理局、全国总工会、中国工运学院等单位从事后勤工作，至今户口依然留在山东老家。

张兰芝
徐洪义
1978

北京天安门留影 1978.1 大玉

张兰芝
徐洪义
2007

北京天安门留影 1978.5.1

齐洪梅

1978

齐洪梅，1956年生于天津市南开区。曾就读于南开湾兜小学和湾兜中学，1975年毕业于天津市第二十五中学高中部，同年分配到四机部下属的天津801库工作。先后当过装卸工、大货车司机、电工、会计，2006年退休。齐洪梅说她的工作单位虽然在天津，但属于中央直属单位，那时来北京办事，总想去天安门看看或者是照张相，也说不清为什么总想去广场。

齐洪梅

2007

鄂栓柱的这张照片是他爱人看到报纸上的消息后向我提供的。拍摄完这张照片后，我还没来得及采访鄂栓柱，他们就回了东北老家。从此手机停机，再也没有联系到他们，除了知道鄂栓柱曾经是一名军人，其他情况一无所知。他的爱人即本书前面介绍过的何荣，记得她曾对我说过，她女儿从中央民族大学外语系毕业后一直在北京工作。他们常来北京看女儿。

何 荣
鄂栓柱
1982

1982 天安门 留影
Tian An Men Liu Ying

何 荣
鄂栓柱
2009

顾 克
1984

顾克，1980年生于北京。1998年北京工业大学附中高中毕业。1998年考入石家庄陆军指挥学院。2002年毕业回京进入北方投资集团工作，公司主要经营汽车租赁业务和出租汽车的运营。顾克工作10年来，从未跳槽，对本职工作认真负责，现为大客户部经理。2006年顾克结婚，育有一女，小家庭生活幸福美满，顾克对未来的事业发展充满信心。

顾 克
2008

耿楚涵，1980年生于辽宁省锦州市。2003年毕业于鞍山师范学院计算机系，在北京九城网络公司已经工作五年，属于北漂一族。她认为在北京生活很累，一是房子太贵买不起，二是有钱也买不到户口，前途渺茫。耿楚涵性格开朗，做事严谨，喜欢唱歌和爬山，并且在北京建立了自己的小家庭。她的先生和她一样，也是来自东北，同属IT行业的北漂一族。

耿楚涵
1986

耿楚涵
2009

后 记

写此后记，主要是为了感谢。首先要感谢著名摄影家孟昭瑞先生和诸多不知姓名的摄影师，正是因为他们留下的珍贵影像，才给我创造了这次拍摄条件。还要感谢参与和配合这次拍摄的诸位朋友，正是因为他们冒严寒、顶酷暑、忍拥堵、穿地道、过安检，赶到天安门广场，才使我顺利完成了这次拍摄计划。

让我最为感动的是袁毅平先生，他为了让老伴屈元香配合我的拍摄，特意购买了轮椅；让我过意不去的是段离、段若梅、曹谷溪、李传铭等人，特意从外地自费来到北京接受我的采访拍摄；让我不好意思的是朱宪民、高星、刘桂英、王南虹、郭铁英、赵淑芳等人，在我感觉照片不够理想时，他们不厌其烦，先后两次配合我的拍摄；让我感到最为遗憾的是，杨贵祥和鄂栓柱在生命晚期接受拍摄后，还没看到影集，鄂栓柱已辞别人世离开了我们。

五年的拍摄，最为感谢的是通过媒体和多种渠道帮我寻找老照片的朋友，男人有瞿勇、彭波、王林、宋朝、李舸、张风、周帅、刘勇、亦夫、潘科、康典、柴选、姜昆、肖威、方放、冯成、傅健、程正、李洋、田珉、刘航、刘伟、李楠、穆谦、陈锋、王麒、黑墨、陈海汶、朱庆辰、王文澜、贺延光、解海龙、李雁刚、令狐铭、王晓岩、王小波、朱恩光、沈佳骅、曹意欣、张颐武、祝东力、张燕辉、晋永权、胡金喜、周建森、郗杰英、黄明雨、胡武功、李前光、闻丹青、曾星明、那日松、曾煜华、朱建辉、李树峰、杨小军、宋建民、王东升、王庆松、孙云祥、陈来全、俞天强、杜如意、章石华、李文振、白岩松、姚

宇军；女士有周薇、黄颖、姜旻、谱庄、史颖、冯欣、热娜、王淋、陈思、李蓓、宋茜、张芳、朱蕾、沈策、王伟、谷多、赵珊、温红、王诺、赫霏、王颖、陆雪、李静、杜涓、戴晴、艾玛、万鸽、樊英、刘芳、李健、邱四维、陈小波、孙慧婷、敬一丹、陆芸芸、陆海空、赵天宠、李文英、兰飞燕、姚文平、吴南晖、李玉涓、杨立群、李红霞、关来英、彭裔然、钮震华、孟凡琦、秦筱娟、陆周莉、郑萍萍、张香英、胡晓舟、李晓莉、张华明、曹作兰、马悦明、高佳蓉、马媛媛、秦成康、谢雨玫、崔成凤、翟和平、曾召贺、王震宇、夏丽娜、钱丽娜、李海芹、杨冬梅、刘永恒、张春艳……虽然有些照片由于种种原因没能采用，但我依然不会忘记他们的热情帮助。

在此，特别要感谢文化部副部长、中国艺术研究院院长王文章先生对本次拍摄和影展的大力支持。

另外，还要衷心感谢资深出版家张子康先生和胡晋小姐，是他们给予这部作品很高的价值判断，才使这本图文并茂的摄影集得以出版。还有最好的设计师孙初和玲子也为此做出了很大贡献，有了他们的创意设计，这本摄影集才更加精彩。

最后需要说明的是，这本影集的采访和拍摄时间较长，涉及朋友较多，肯定还有很多帮我完成此事的朋友没有感谢到，在此深表歉意！

2010.9.25 于北京

图书在版编目（CIP）数据

公民记忆：1949-2009 / 黑明 著. —北京：文化艺术出版社, 2010.8
ISBN 978-7-5039-4678-3

Ⅰ. ① 公…　Ⅱ. ① 黑…　Ⅲ. ① 摄影集 – 中国 – 现代
② 中国 – 现代史 – 史料 – 1949～2009　Ⅳ. ① J421　② K270.6

中国版本图书馆CIP数据核字（2010）第166573号

公民记忆1949-2009

著　者	黑　明	
责任编辑	胡　晋	
装帧设计	刘玲子	
出版发行	文化艺术出版社	
地　址	北京市东城区东四八条52号	（100700）
网　址	www.whyscbs.com	
电子邮箱	whysbooks@263.net	
电　话	（010）64813345　64813346	（总编室）
	（010）64813384　64813385	（发行部）
经　销	全国新华书店	
印　刷	北京雅昌彩色印刷有限公司	
版　次	2010年10月第1版	
印　次	2010年10月第1次印刷	
印　张	24.75	
字　数	160千字　插图330幅	
开　本	787×1092毫米　1/16	
书　号	ISBN 978-7-5039-4678-3-01	
定　价	80.00元	